SUPERNATURAL™

O diário de John Winchester

Alex Irvine

Tradução: Eduardo Friedman

Ilustrações: Dan Panosian e Alex Irvine

Supernatural™ criado por Eric Kripke

CamelotEditora

CONHEÇA NOSSOS LIVROS
ACESSANDO AQUI!

Título original: John Winchester's Journal
Este livro é uma obra de ficção. Os personagens, eventos e diálogos foram tirados da imaginação do autor e não são reais. Qualquer semelhança com eventos ou pessoas reais, vivas ou mortas, é mera coincidência.

4ª Impressão 2025

Presidente: Paulo Roberto Houch
MTB 0083982/SP

Coordenação Editorial: Priscilla Sipans
Coordenação de Arte: Rubens Martim

Projeto gráfico: Timonthy Shaner, NightandDayDesign.biz
Design de capa: James L. Iacobelli
Fotos da capa: Cortesia da Warner Bros.
Demais fotos da capa: Bengt Olof Olsson/Photolibrary
Editoração eletrônica: Editoriarte
Revisão: Maria Clara Jeronimo e Vera Villar

Vendas: Tel.: (11) 3393-7727 (comercial2@editoraonline.com.br)

Foi feito o depósito legal.
Impresso na China

Dados Internacionais de Catalogação na Publicação (CIP)
de acordo com ISBD

I72s Irvine, Alex

Supernatural: o Diário de John Winchester / Alex Irvine ; traduzido por Eduardo Friedman ; ilustrado por Dan Panosian, Alex Irvine. – Barueri, SP : Camelot Editora, 2022.
176 p. ; 15,1cm x 23cm.

ISBN: 978-65-80921-49-2

1. Literatura norte-americana. 2. Ficção. I. Friedman, Eduardo. II. Panosian, Dan. III. Irvine, Alex. IV. Título.

2022-2639 CDD 813.0876
CDU 821.111(73)-3

Elaborado por Odilio Hilario Moreira Junior - CRB-8/9949

Direitos reservados ao
IBC — Instituto Brasileiro de Cultura LTDA
CNPJ 04.207.648/0001-94
Avenida Juruá, 762 — Alphaville Industrial
CEP. 06455-010 — Barueri/SP
www.editoraonline.com.br

Agradecimentos

Este livro não existiria sem Eric Kripke, Rebecca Dessertine, Cathryn Humphris, todos os roteiristas de Supernatural, Chris Cerasi, Kate Nintzel, Dan Panosian e todos os estudiosos e pesquisadores do oculto e do mistério, cujos trabalhos me deram um campo tão rico para explorar. Ele também não existiria sem os dedicados fãs da série. Agradeço a vocês e a todos de quem eu, imperdoavelmente, me esqueci.

1983

16 de novembro:

Fui ao encontro de Missouri e aprendi a verdade. Através dela, conheci Fletcher Gable, que me deu este diário e disse: "Escreva tudo." Foi o que Fletcher me disse, como se esta nova vida fosse uma escola e eu pudesse repetir de ano se não fizesse boas anotações. Só que, se eu repetir nesta escola, eu morro. E os meninos ficam órfãos. Então vou voltar para onde isso começou.

Há duas semanas, minha esposa foi assassinada. Eu a vi morrer, presa no teto do quarto do Sammy, o sangue pingando sobre o berço dele até ela pegar fogo — com os olhos voltados para mim, enquanto morria. Na semana anterior, éramos uma família normal... jantávamos, íamos à partida de *T-ball* do Dean, comprávamos brinquedos para o Sammy. Mas, em um instante, tudo mudou... Quando tento pensar nisso, entender... Sinto como se estivesse enlouquecendo. Como se alguém tivesse arrancado meus braços e meus olhos... Estou vagando, sozinho e perdido, e não posso fazer nada.

Mary escrevia diários como este. Ela dizia que eles a ajudavam a lembrar todos os detalhes, a respeito dos meninos, a meu respeito... Eu queria poder ler os diários dela, mas, como todo o resto das coisas, eles se foram. Perderam-se nas chamas. Ela sempre quis que eu escrevesse as coisas. Talvez ela estivesse certa, talvez me ajude mesmo a lembrar, a entender. É o que Fletcher parece achar.

Nada faz sentido... Minha esposa se foi, meus filhos estão sem a mãe... as coisas que vi aquela noite... Lembro-me de ouvir Mary gritando e corri, mas... tudo ficou calmo por um instante — Sammy estava bem — e eu tinha certeza de que estava ouvindo coisas — tinha assistido a muitos filmes de terror até tarde. Mas então vi o sangue, e, quando olhei para o alto, minha esposa...

Perdemos metade da nossa casa, apesar de o incêndio ter durado pouco. A maioria das nossas roupas e fotos está arruinada, até nosso cofre — onde estavam os diários antigos da Mary, as cadernetas de poupança feitas para a universidade dos meninos, as poucas joias que tínhamos... tudo se foi. Por que minha casa, a minha vida toda, se perdeu assim, tão rapidamente, tão intensamente? Por que minha esposa pegou fogo e desapareceu?

Quero minha esposa de volta. Meu Deus, como a quero de volta.

No início, achei que não iríamos embora. Mike e Kate me ajudaram a cuidar dos meninos, e Julie também foi ótima, mas tentei dizer a eles — dizer ao Mike — o que acho que aconteceu aquela noite. O olhar que ele me dirigiu pareceu querer dizer que eu era um louco. Ele deve ter contado algo a Kate também. Na manhã seguinte, sem qualquer motivo aparente, ela disse que eu deveria cogitar uma consulta ao psiquiatra. Como eu poderia falar com um estranho sobre isso? Nunca fui a um psiquiatra depois de tudo por que passei quando era um fuzileiro naval, e consegui superar. Meus amigos acham que estou ficando maluco. De repente, quem sabe, eu esteja mesmo...

Os policiais desistiram do caso assim que viram que não conseguiriam me culpar. Não ligam para o fato de a minha mulher estar no teto, não ligam para o sangue na barriga dela nem para nada que vi desde então. Eles querem uma resposta simples, não importa se é a certa ou não. Na última vez que falei com eles, uma semana depois da morte dela, me fizeram as mesmas perguntas da noite do incêndio. Onde eu estava, como andava meu relacionamento com Mary nas semanas anteriores, se havia problemas com os meninos... Sei aonde querem chegar.

Jacob, tio da Mary, organizou um funeral para a sobrinha em Illinois, sua cidade de origem. Não fui. Por quê? Não havia nada para ser enterrado, e acho que eu não aguentaria ouvir as pessoas de lá. Tenho bebido muito, venho perdendo o raciocínio no meio das frases. Escuto coisas à noite, quando vou ao quarto do Sam e Dean. Ultimamente, tudo parece sonho. Daqueles que você só lembra dias depois, mas não consegue saber ao certo se foi real ou não.

Fico me lembrando daquela noite... por que me levantei da cama? Deixei minha esposa sozinha para ir ver TV, e ela morreu. Lamento muito, Mary.

O Dean quase não fala ainda. Tento bater papo ou pergunto se quer jogar beisebol. Qualquer coisa para ele se sentir como um garoto normal de novo. Ele nunca sai do meu lado — nem do irmão. Toda manhã, vejo o Dean dentro do berço, abraçado com o Sam. Como se quisesse protegê-lo do que se esconde na noite.

Sammy chora muito, querendo a mãe. Não sei como fazê-lo parar, e uma parte de mim não quer que ele pare. Parte o meu coração pensar que, em breve, ele não se lembrará mais dela. Não posso deixar a memória dela morrer.

Acordei ontem com muita ressaca... Eu não estava com vontade de fazer nada, muito menos conversar com Mike, que me abordou no instante em que entrei na cozinha. É direito dele, já que eu estava em sua casa. Ele ficou falando sobre como preciso ajeitar a vida, para o bem dos meninos... mas parecia mais preocupado com a oficina. Me acusou de não ligar, de mal ir trabalhar... Claro que mal fui trabalhar... Minha esposa morreu, algo horrível aconteceu com ela, talvez meus filhos estejam em perigo também... como posso me esquecer de tudo isso e ir trabalhar, minha Nossa Senhora?

Bom, falei que ele poderia ficar com ela. Ele se calou na hora. "Quer dizer que vai desistir do seu trabalho por causa disso?" Você duvida, Mike? A oficina é toda sua.

Saí da casa com o cheque do Mike. Ele não estava tão preocupado comigo a ponto de não querer que eu fosse embora. Dá para culpá-lo? Não sei. Deixei os meninos na casa da Julie e fui ao primeiro lugar em que eu pudesse trocar o cheque. Saí com dinheiro suficiente para encher o banco de trás do carro com algo que pudesse nos trazer segurança. Duas espingardas calibre 12 — uma Winchester 1300 de ação por bomba e uma Stevens 311 de cano duplo. Várias armas de fogo — a boa e velha Browning 9mm, a Desert Eagle calibre 44, a Ruger SP101, de cano curto, e uma calibre 22 de bolso. Para começar, estava bom.

Nunca escrevi nada tão longo assim na minha vida toda. Espero nunca mais escrever assim.

Fui falar com a Missouri pela segunda vez, e não consigo explicar... era como se já fôssemos amigos havia anos. Ela conhecia todos os detalhes, não só da minha vida, mas de mim também... meus pensamentos... meus medos. Ela era a primeira pessoa a não me olhar como se eu fosse louco quando contei a minha história... ela só ouviu, mexeu a cabeça e disse que acreditava em mim.

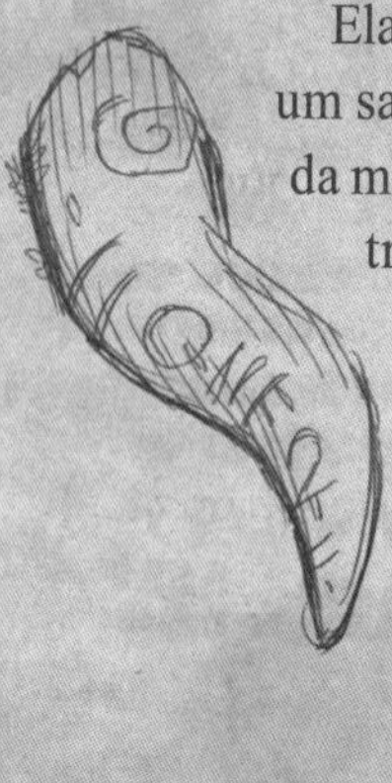

Ela também disse que, se eu quisesse respostas, teria que fazer um sacrifício. Um sacrifício de sangue. Então arranquei uma unha da mão, como se fizesse isso todo dia. Ela teve uma visão, e encontramos muito sangue na casa de um vizinho com as palavras ESTAMOS ATRÁS DAS CRIANÇAS escritas com sangue. Não me lembro de nada entre isso e encontrar Sam e Dean seguros na casa da Julie, graças a Deus, mas a Julie... Julie tinha morrido. Algo a dilacerou toda. Missouri encontrou um dente no corpo. Tentei desenhá-lo, mas não sei desenhar. Peguei os meninos, me despedi da Missouri e saí imediatamente de Lawrence. Nunca mais quero voltar.

Não era o que o Dean queria. A primeira coisa que ele me perguntou foi quando voltaríamos para casa. Só que não temos mais uma casa, Dean. Quanto mais cedo se acostumar, melhor. Não teremos uma casa até encontrarmos o que matou sua mãe.

Primeira parada, Eureka. Fletcher disse que deveríamos começar por lá.

19 de novembro:

Vou tentar escrever o que aconteceu, por mais inacreditável que pareça. Se eu não acreditar — se eu não conseguir escrever o que vi —, como os outros vão acreditar?

Jacob apareceu, procurando os meninos. Eu o convenci a ir comigo a um cemitério, onde achei que encontraria respostas, mas ele morreu. O cão do inferno — é como Fletcher o chama — saiu de uma tumba e o dilacerou de tal forma que eu só vira acontecer no Vietnã. Aí o H apareceu. Não sei quem ele é, mas salvou a minha vida, e eu não consegui salvar a do Jacob. Mas ele não me deixou levar Jacob para o hospital. Ele disse que o Jacob estava morrendo, e que o que quer que estivéssemos procurando só iria prolongar o sofrimento dele. Eu não queria acreditar, mas o H esteve certo sobre tudo que havia acontecido até então... Não havia nada que pudéssemos fazer, H disse, e, por Deus, eu acreditei nele. Vi meu carro cair numa pedreira. Jacob estava dentro, morrendo.

H só disse: "Acho que ganhou um carro novo." Que filho da mãe de sangue frio. Posso até aprender com ele, mas nunca serei como ele, e nunca confiarei nele. Ele começou a falar sobre demônios. Cães do inferno, demônios...

Deixei Jacob morrer. Será que eu conseguiria tê-lo salvo? Talvez não, talvez H estivesse certo. Mas eu nem tentei. O que estou me tornando? Sempre tentei me portar de maneira a não precisar mentir, se os meninos questionassem alguma de minhas ações. Mas o que vou dizer se me perguntarem sobre o tio Jake?

20 de novembro:

Matei um homem a sangue-frio esta noite.

Não. Matei um metamorfo para proteger as pessoas que não sabem que coisas assim existem. Mas pareceria um homem a qualquer uma delas. E Dean viu tudo.

Parecia o Ichi, um caçador com quem H e eu saímos. Estávamos procurando um saltador, um tipo de... coisa. Não é um homem. Ele ataca, mata e foge antes que qualquer um possa reagir. Jack Calcanhar de Mola, Jack, o Estripador, era um saltador segundo H. Mas H é o mesmo cara que me fez abandonar Jacob numa pedreira, ainda vivo. Ele iria morrer. Eu sabia que ele iria morrer. Mas ele ainda estava vivo.

E, esta noite, Dean saiu do bar onde estávamos bem na hora em que dei o último tiro na cabeça do metamorfo. E aí perguntou: "Por que o matou, pai?"

Como eu responderia? Porque ele não era um homem, mas um monstro que parecia um homem? Meu filho me viu atirar na cabeça de alguém. Talvez eu seja o monstro que se parece com um homem.

Vou explicar. Preciso escrever tudo.

H disse que iriam começar a me ensinar os ossos do ofício. Há pessoas que caçam monstros. Eles têm um tipo de rede, passando por lugares como o bar de Bill e Ellen. Bill é um caçador, e eles têm uma filha, Jo. Ela é um pouco mais velha que o Sammy. Os caçadores contam histórias do que viram. Todos são frustrados, derrotados. Eles sentem ódio pelas coisas que caçam. Sou como eles.

A sobrinha de Ellen cuidou dos meninos enquanto H, eu e Ichi fomos à procura do metamorfo. Mary, você sabe que eu nunca deixaria os meninos com estranhos em quem eu não confiasse. Sabe disso, não sabe? Eu nunca deixaria.

21 de novembro:

Os meninos estão com Pam e Bill em Elgin. Não passei uma noite longe deles desde que Mary morreu, e sinto como se estivesse sendo puxado por um gancho, querendo voltar a eles, protegê-los. Mas H disse que eu precisava falar com Mary novamente e se ele consegue fazer isso acontecer...

Ele continuou falando sobre demônios. Um demônio matou a esposa dele, ele disse, e ele espera que eu acredite. Ele me parece alguém que deixou a dor transformá-lo em um monstro. O que quer que tenha acontecido com a sua mulher não é desculpa para o que ele tem feito. Não posso ficar como ele. Não sou um caçador. Sou um marido e pai que quer vingança pela morte da esposa.

O que eu queria dizer para o Dean é: "Seu irmão é jovem demais, mas você já está começando a entender o que está acontecendo. E isso me assusta. Desde a morte da sua mãe, fiz coisas inenarráveis. Você as viu, e isso é culpa minha. Sinto a escuridão da estrada na qual viajo agora. Não é lugar para você. Um dia verá — tive que deixá-los hoje... mas, quando eu terminar, prometo: o dia em que eu nunca mais precisarei deixá-los chegará. Até lá, rezo para que seja forte o suficiente para cuidar do Sam. Um de nós precisa ser."

24 de novembro:

Estamos indo a algum lugar, H e eu, mas sou o novato e não posso perguntar para onde vamos. Ele disse que íamos encontrar alguém que me permitiria conversar com Mary, mas, antes, precisávamos fazer algumas coisas.

Um caçador nunca desiste de uma caça.

Nunca.

Isso é o que H diz. Então, esta noite, fomos caçar um estranho morto-vivo. H disse que era um zumbi, acho. Não sei o que é. Ainda não. Vou descobrir.

As pessoas o chamavam de Dr. Benton. Ele queria viver para sempre, e, quando a alquimia não funcionava, roubava órgãos. Manteve-se vivo pegando órgãos novos dos habitantes locais para substituir os seus, quando havia falência. Segundo H, ele faz isso desde 1816. Era encrenca, até que eu o cortei em pedaços com uma serra elétrica depois de H ter queimado o cadáver de sua mais recente vítima. Lição: queimar a vítima enfraquecia o doutor, porque o privava da força que ele havia conseguido daqueles órgãos. Segundo H, dá para resolver muitos problemas com gasolina e um fósforo.

Preciso aprender mais sobre zumbis. Preciso aprender mais sobre tudo.

25 de novembro:

Hoje, em uma cidade chamada Blue Earth, em Minnesota, conheci um padre louco que trouxe Mary até mim. Ele se chama Jim, mas o que fez não parecia nenhum ritual de igreja que eu já tenha visto, e duvido que ele tenha aprendido aquilo no seminário. Ele se cortou e o sangue dele virou fogo, mas não o queimou. E então o sangue tomou a forma de Mary.

Mary.

Ela disse o meu nome. Acho que disse mais coisas, mas ouvir a voz dela pronunciando o meu nome novamente... não consigo descrever como foi. Mas só durou alguns segundos, e ela se tornou um... não sei. Parecia o Black Shuck, um cão demoníaco. Um cão do inferno. Ele falou comigo, dizendo: "Em breve você virá a mim."

Depois que ele se foi, Jim olhou para os dentes do cão do inferno e havia números nele: 1127. Mary morreu às 11:27, segundo o boletim de ocorrência. H e Jim concordaram que os números eram um tipo de coordenada, mas o que isso significa?

Escrito em sangue: nos tempos antigos, no Ocidente, as pessoas costumavam dizer "assino com a mão" em um documento, quando o assinavam. No Oriente, isso era literal em alguns casos. O imperador do Japão, antigamente, "assinava" documentos importantes mergulhando a mão em sangue e deixando uma impressão sangrenta de mão inteira na página. Na história de pactos com o Diabo, as pessoas tinham que assinar com sangue. Vi alguns supostos pactos de séculos anteriores, mas nenhum deles foi assinado assim, trazem apenas assinaturas de pessoas. O sangue com certeza enfatizava a seriedade, você está entregando a sua alma. "O Sangue é a Vida."

27 de novembro:

Dois mil setecentos e trinta e cinco quilômetros em 24 horas, eu e H revezando ao volante, de Blue Earth a Tempe. Fletcher Gable. Ele nos mostrou um mapa dos cemitérios — Portões do Diabo, ele os chamava. Lugares através dos quais demônios poderiam chegar ao nosso mundo. Não sei sobre os demônios, mas o mapa estava dividido em setores, e o cemitério número 112 na Zona 7 era em Hope, no Colorado, perto da região das *Four Corners*, onde os estados do Colorado, Novo México, Arizona e Utah se encontram.

Não sei como explicar o que aconteceu lá. O *Fore Inn*, localizado na fronteira de uma cidade cheia de cadáveres, alucinações... encontramos o lugar, e lá estava o cão do inferno, o Black Shuck, e ele foi na direção de H como se fosse de estimação. Disse que não havia matado Mary, mas mandou o cão me atacar, porque conhecia "alguns dos envolvidos". Mas não eram demônios, segundo ele. Matei o cão, e H mudou o discurso. Disse que tudo o que havia feito, inclusive mandar o cão me atacar,

foi para me fazer caçar. Ele disse que não era H, mas outra coisa no corpo de um caçador, no corpo de um homem. Só consegui pensar em atirar no metamorfo fora do bar, com o Dean por testemunha. Matei H e queimei o hotel. Estou escrevendo isto numa parada na I-76 fora de Julesburg. Matei H e vou caçar, sim. Vou caçar, os meninos vão caçar e vamos encontrar o que quer que tenha matado Mary e mandá-lo direto para o inferno. Até lá, vamos matar todos os monstros, espíritos, assombrações, demônios e tudo o mais. Meus filhos não vão vivenciar o que vivenciei. Não vão perder o que perdi.

> *O cão negro, ou o diabo assim disfarçado (Deus tudo sabe e a todos conhece), corria por todo o corpo da igreja de maneira muito veloz e com incrível urgência, por entre as pessoas, tendo formato e contornos bem visíveis. Ele passou por entre duas pessoas, as quais estavam de joelhos, aparentemente ocupadas com suas preces, e torceu para trás os pescoços das duas em um instante, que, mesmo em oração, morreram, o que foi muito estranho.*

Inglaterra, 1577. Marcas de queimado deixadas na porta da igreja, conhecidas como "Marcas do Diabo".

29 de novembro:

Saímos de Elgin. Não sei aonde vamos. Vamos para qualquer lugar onde eu possa encontrar uma pista sobre o que aconteceu com Mary e matar o responsável. Os caçadores estão por aí. Algum deles deve saber algo sobre o que houve com ela. Antes de tudo, vou voltar ao bar. Bill e Ellen vão nos deixar ficar lá por um tempo. Depois disso, quem sabe?

Nunca fui muito de ler e também nunca tive o hábito de escrever um diário, mas as coisas mudaram. Comecei a procurar livros antigos, como os de Fletcher, alguns que vi outros caçadores lendo no bar. Preciso aprender. Conheça seu inimigo. Então comecei a procurar em bibliotecas. Estou colecionando arquivos policiais antigos, investigando microfilmes... procurando incêndios, incêndios criminosos, com *modi operandi* similares aos do nosso incêndio. Vou encontrar a coisa que matou minha esposa e, quando eu encontrar... que Deus me perdoe...

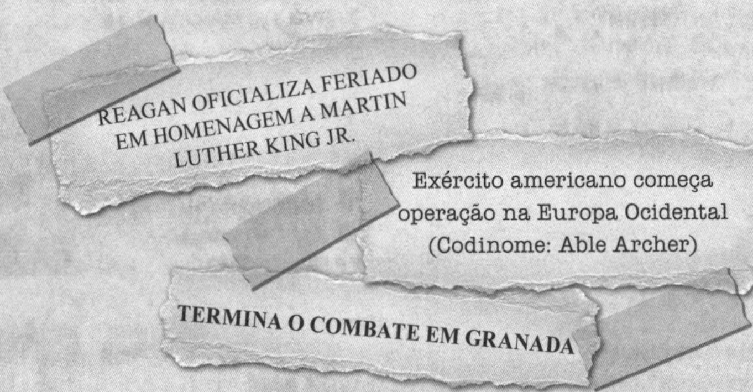

11 de dezembro:

Sammy finalmente começou a dormir a noite inteira. Ainda mais agora, que Dean dorme na mesma cama que ele e também apaga. Mas eu... eu fecho os olhos e ela está lá. Sempre começa da mesma forma: eu a vejo como ela era antes daquela noite, linda, feliz e viva. Não estou apenas vendo, estou vivenciando, é como se eu estivesse lá... é tão real que sei que posso esticar o braço e tocá-la. E é o que faço... eu estico o braço... e, de repente, estou de volta àquela noite, ao sangue, ao fogo e à Mary. Mary está no teto, e como ela chegou ao teto... ela não pode estar no teto...

O estranho é que, quando acordo, suado e ofegante... juro que há alguma coisa no ar. Consigo sentir, pairando sobre mim, sobre meus filhos. Está observando, esperando. Acho que está até zombando de mim... "Não conseguiu impedir. Não conseguiu protegê-la. Não conseguirá protegê-los."

14 de dezembro:

Consegui adormecer na noite passada... então acordei suando frio cinco minutos depois. Sentindo aquela presença novamente... e, pensando. Tenho lido sobre incêndios: como começam, a velocidade com que se espalham...

mas um dos livros falava de incêndios estranhos, inexplicáveis... algumas pessoas acreditam que o fogo pode ser controlado por entidades malignas, seres malignos, para ferir as pessoas. É loucura, é coisa de contos de fada... como dragões que cospem fogo, certo? Mas aí eu lembrei... quando voltei ao quarto do Sammy naquela noite, quando tentei alcançar Mary... o fogo pulou. Pulou em minha direção... como se tivesse um propósito, como se quisesse me afastar, me impedir de chegar até ela. Como se alguém o estivesse controlando.

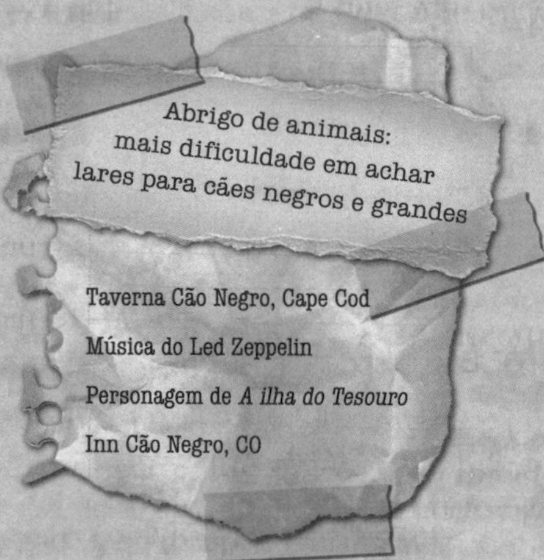

20 de dezembro:

Estou começando a entender que não há ninguém mais além de mim. Outros caçadores viram coisas. Um cara chamado Frank Gutierrez me contou, com ar sério, que a Rota 666 é cheia de cães do inferno. Mas cada caçador fala uma coisa diferente, e nenhum deles viu exatamente o que eu vi. Se eu quiser respostas, precisarei encontrá-las sozinho. Tenho lido sobre cães negros: Black Shuck. Em inglês antigo, *scucca* significa "demônio". Também conhecido como *barghest*, como um presságio de morte.

Cães negros assombram estradas. Às vezes estão acompanhados por uma mulher sem cabeça, ou eles mesmos não têm cabeça. Cruzar com eles significa que alguém da sua família morrerá. A maioria das histórias é inglesa, mas tenho perguntado por aí e todos têm uma história envolvendo cães negros: em Macon County, Tennessee; em Meridem, Connecticut; em Long Island, Oregon.

25 de dezembro:

Novamente não consegui dormir na noite passada. Acordei suando frio e percebi que era Natal. Onde está Mary? Pensei nisso a noite inteira, e a dúvida rondou minha cabeça o dia todo. Um Natal sem a minha esposa é um acontecimento surreal. Nossa comemoração estava um tanto descuidada... uma árvore de plástico, meio torta, de meio metro, *junk food* nas meias natalinas e artigos esportivos para os meninos... bolas de futebol americano, basquete e futebol. Era minha tentativa de fazer tudo parecer normal. O Dean já tem idade para irmos às partidas da liga infantil de beisebol. Quer dizer, eu irei às partidas. Sozinho.

Mary não verá o Dean acertar um *home run*. Nunca verá o Sammy andar nem o ouvirá dizer suas primeiras palavras. Ela não levará o Dean para o primeiro dia de aula nem ficará preocupada junto comigo, a noite inteira, na primeira vez em que ele sair de carro. Não é justo que ela não esteja aqui, e só consegui pensar nisso hoje. Estou tão zangado que mal consigo ver — quero minha esposa de volta.

Os policiais declararam o nosso caso encerrado oficialmente. Que presente de Natal, não é?

29 de dezembro:

De volta ao bar. Vamos ficar aqui um tempo. Não posso ficar dirigindo por aí em círculos. Os meninos precisam de um lugar que possam chamar de casa, mesmo que não seja por muito tempo. E eu preciso de um lugar onde eu possa aprender o que os caçadores fazem. O único espírito de renovação que tenho é a sede de sangue. Quero matar. A última vez em que me senti assim foi no Vietnã. Mas acho que podemos ficar aqui um tempo para nos estabilizarmos. Ou para eu me estabilizar. Não sei o que fazer para os meninos se sentirem normais novamente. O Dean não é mais o mesmo, desde que me viu matar o metamorfo. Não sei como falar com ele sobre isso. Ele não tem nem cinco anos. A maioria das crianças nessa idade mal sabe o que é morte, e ele já a viu de perto. O que digo a ele? Que idade ele precisa ter para poder ouvir a verdade?

1984

1º de janeiro:

Hoje é o início de um novo ano. Mary adorava esta época, adorava a ideia de um novo começo para todos. Minha esposa sempre traçava um objetivo por ano — só um — e, ao contrário da maioria das pessoas, conseguia realizá-lo. Todo ano a Mary tentava me convencer a fazê-lo também, mas eu não entendia para quê. Eu queria ter lido seu diário. Talvez me ajudasse a lembrar ou até explicasse seus segredos. Acho que é por isso que as pessoas escrevem diários: para impedir que as suas vidas e histórias morram. Para que os outros não esqueçam.

Eu queria muito que os meninos pudessem ter conhecido melhor a Mary.

Este ano eu vou traçar um objetivo: descobrir o que houve com minha esposa.

24 de janeiro:

Hoje é o quinto aniversário do Dean. Fiquei pensando em onde estaríamos no outono, porque ele deveria começar as aulas, mas depois percebi que não posso deixá-lo em uma escola. Muita coisa pode acontecer. Talvez eu pudesse deixá-lo em uma creche. Seria uma boa. Eu sei que é o certo e que ele precisa conviver com outras crianças, crianças que não saibam desmontar a Browning*. Bom, o Dean ainda não sabe, mas está aprendendo. Já dá para ver que ele leva jeito com armas de fogo. É um talento do qual ele vai precisar.

2 de maio:

Hoje o Sammy completou um ano de idade. Passamos o aniversário dele nas montanhas, porque eu tinha que conhecer um cara chamado Daniel Elkins. A cultura dos caçadores trata novatos de forma estranha. Todos que você conhece dizem que precisa conhecer outra pessoa e aprender outras coisas

* Browning é um tipo de metralhadora muito versátil em combate.

e, sempre que você encontra alguém novo, ele o leva para caçar seu tipo de monstro favorito. Esse tal de Elkins mora em um chalé no meio do nada, no Colorado, e, segundo ele, não há caçador de vampiros melhor.

Vampiros.

Eles existem. Nunca vi um vampiro, mas o Daniel disse que existem e acredito nele. Ele também disse que o diário de um caçador serve tanto para pesquisa como para as coisas mundanas do dia a dia. Então copiei o seguinte trecho de um livro chamado *Harleian miscellany*:

> *Não podemos deixar de observar que o nosso senhorio parece dar ouvidos ao que o Barão Valvasor relata acerca dos vampiros que infestam algumas regiões deste país. Os vampiros supostamente são corpos de pessoas mortas reanimados por espíritos malignos, que saem das tumbas à noite e chupam o sangue dos vivos, destruindo-os.*

Vampiros, há 400 anos. Há outros relatos até mais antigos. Peter Plogojewitz, o sapateiro da Silésia...

17 de maio:

Hoje completaríamos seis anos de casamento. O Sammy andou pela primeira vez ontem. Ele foi em direção ao Dean, aí caiu de cara no chão e começou a chorar. A vida é dura, menino. Pareço um pai orgulhoso? Estou orgulhoso.

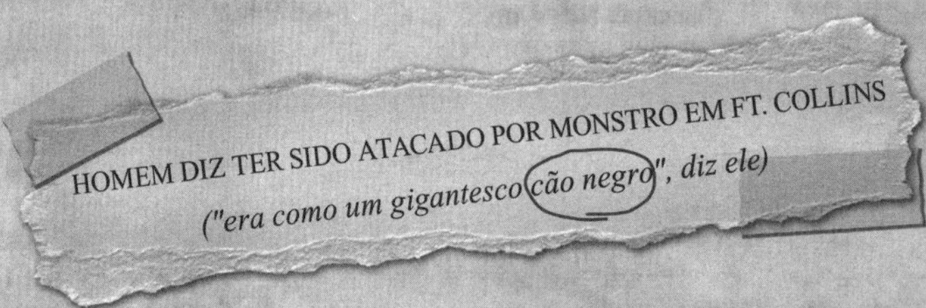
HOMEM DIZ TER SIDO ATACADO POR MONSTRO EM FT. COLLINS

("era como um gigantesco cão negro", diz ele)

2 de novembro:

Mary está morta há um ano. Nunca vou conseguir superar, e nem quero. Mas passei todo o ano aperfeiçoando a minha vingança.

Acho que agora é um bom momento para escrever tudo que aprendi sobre Lawrence.

- Esquina da 8th com a Massachusetts: Fantasma, mulher em vestido do século XIX.

- 7th com a Massachusetts: Eldridge Hotel. Parece que irão reconstruí-lo, então talvez a assombração mude – mas Missouri disse que o quinto andar é especial. Lá, ela consegue ter visões com mais facilidade, como se o mundo espiritual estivesse mais próximo.
- Stull Church: a abandonada desde 1922. Não tem telhado, mas dá para ficar lá dentro durante uma tempestade sem se molhar. A chuva não entra na igreja. Ainda há um crucifixo na parede, e ele vira de cabeça para baixo, quando alguém se aproxima.
- Stull Cemetery: dizem que o Diabo aparece lá duas vezes por ano: no equinócio de primavera e no Halloween. Ele vai visitar a sepultura de um dos filhos, nascido de uma bruxa humana e morto dias depois.
- Haskell Institute: cemitério infantil perto do Taminend Hall, repleto de fantasmas inquietos. O fantasma de um universitário que se suicidou assombra o porão do Pocahontas Hall. Hiawatha Hall está cheio de ecos ruins – a lamúria e a dor de várias gerações de crianças que sofreram abuso. Quantas morreram??

Estou aprendendo sobre assombrações. As pessoas com quem conversei e os autores que li acham que sabem tudo sobre o assunto, mas cada um ou diz uma coisa diferente ou é tão vago que não ajuda em nada. Leio coisas e tento me convencer de que, se continuar, vou acabar encontrando os padrões.

> *No mundo dos espíritos há sempre muitos deles, pois são o primeiro tipo de todos a serem examinados e preparados; não há tempo fixo para sua estadia; alguns vão para o céu, e outros são confinados no inferno assim que chegam; alguns ficam lá durante semanas, e outros, durante vários anos... Ebenezer Sibly*

REPUTAÇÃO DAS ASSOMBRAÇÕES DE LAWRENCE
Halloween leva caçadores de aventuras a Stull

Isso me lembrou do Dr. Benton. William de Newburgh conta:

> *Assim que esse homem ficou sozinho, o Diabo, imaginando ter encontrado o momento certo para acabar com sua coragem, convocou o corpo escolhido, que parece ter ficado em repouso durante mais tempo que o normal. Tendo visto isso de longe, o homem ficou*

aterrorizado por estar sozinho; mas logo recobrou a coragem e, como não havia para onde fugir, enfrentou o monstro, que veio em sua direção emitindo um barulho terrível, fincando o seu machado no corpo da criatura. Ao ser ferido, o monstro gemeu alto e lhe deu as costas, fugindo com a mesma velocidade com que avançara anteriormente. O admirável homem foi atrás da criatura, fazendo-a voltar à tumba que se abriu sozinha e que, depois de receber seu morador, imediatamente fechou-se com a mesma facilidade com a qual se abrira. Enquanto isso, aqueles que, incomodados com o frio da noite, haviam feito uma fogueira, correram até o homem, ainda que tardiamente. Ao escutarem o que tinha se passado, fizeram-se úteis e escavaram a tumba. De lá retiraram o cadáver amaldiçoado assim que o Sol nasceu. Quando o encontraram, viram o enorme ferimento causado e o sangue derramado no túmulo. Depois de levá-lo para longe do monastério e queimá-lo, espalharam as cinzas ao vento.

Todos concordam que é preciso queimá-los para garantir que continuem mortos. Eu deveria ter queimado Benton, mas acho que a serra elétrica serviu.

1985

1º de janeiro:

Ano-novo. Mary, eu prometi ano passado que vingaria a sua morte. Faço a promessa novamente e farei todo ano, até que consiga. Nunca vou esquecer.

24 de janeiro:

Hoje é o sexto aniversário do Dean. Faz mais de um ano desde que ele me viu matar um metamorfo. Ele não me pergunta mais sobre isso nem sobre quando vai começar a ir para a escola. Tentei ano passado, mas não consegui. Não podia arriscar. Talvez eu consiga este ano, já que ele está mais velho e sabe um pouco mais sobre as coisas. Tenho dado aulas a ele. Não peguei pesado, mas Dean precisa saber que existem monstros e coisas misteriosas.

Myling. Espírito infantil escandinavo, também chamado de Utburd. Em geral são as almas de crianças assassinadas, ou que morreram sem terem sido batizadas. Elas se unem a viajantes durante a noite e exigem que sejam levadas a um cemitério, para que possam descansar, mas vão ficando cada vez mais pesadas à medida que o cemitério se aproxima, até que a pessoa que as está carregando é sugada para debaixo da terra por culpa de seu peso. Essa crença deriva da prática de se abandonar bebês indesejados ou malformados ao relento para que morram. Na maioria das vezes eles acabam assombrando o local onde foram abandonados, mas o folclore também diz que é possível sentir a sua presença na casa de quem os matou – geralmente um membro da família. Caso os seus restos mortais sejam localizados e enterrados em solo sagrado, eles desaparecem.

2 de maio:

O Sammy fez dois anos hoje. Novamente passamos o aniversário dele no Colorado, porque eu tinha que ir falar com o Daniel. Ainda não vi nenhum vampiro, mas o Elkins é tão eremita que os outros caçadores pedem que eu leve suas mensagens a ele.

Os vampiros não têm medo de crucifixos e não morrem se expostos à luz do sol. Eles podem sair por aí. Precisam de sangue para sobreviver e preferem o dos humanos, mas bebem de outros mamíferos, se for necessário. O único jeito de matar vampiros é decapitá-los — embora o sangue de um morto seja como veneno para eles. Não mata, mas enfraquece, eles ficam lentos e doentes.

Daniel diz que estão extintos, mas fica de olho mesmo assim. Acha que é melhor eu saber o básico sobre vampiros para o caso de aparecer um e me deu uma cópia do artigo abaixo. Nunca se sabe quando pode vir a calhar.

... o corpo do irmão morto por último foi exumado, e foi encontrado sangue "vivo" em circulação no coração. Durante a cremação, o corpo começou a curar-se, e um homem vigoroso e forte, de 50 anos, ficou perante mim.

American Anthropologist, 1896

17 de maio:

Hoje completaríamos sete anos de casamento.

Morava em Bagdá um mercador idoso que havia enriquecido com seus negócios e que era pai de apenas um garoto, com quem tinha uma ligação muito terna. Ele decidiu casar o rapaz com a filha de outro mercador, uma moça de fortuna considerável, mas sem nenhum atributo pessoal. Abul-Hassan, o filho do mercador, quando viu a foto da dama, pediu a seu pai que adiasse o casamento até que ele pudesse se acostumar com a ideia. No entanto, ao invés disso, ele se apaixonou por outra moça, filha de um sábio, e não deu descanso para seu pai até que ele concordasse em deixá-lo se casar com sua favorita. O velho tentou ficar de fora da situação o tanto quanto pôde, mas, ao descobrir que seu filho estava para pedir a mão da bela Nadilla e que estava igualmente decidido a não se casar com a moça feia e rica, ele fez o que muitos pais são forçados a fazer numa situação dessas: concordar.

O casamento se deu com toda a pompa e circunstância e foi seguido de uma feliz lua de mel, a qual poderia ter sido ainda mais feliz, não fosse por um pequeno detalhe que gerou consequências muito sérias.

Abul-Hassan percebeu que sua noiva havia deixado o leito nupcial assim que achou que ele estivesse dormindo, e só retornou uma hora antes do amanhecer.

Tomado pela curiosidade, numa noite Hassan fingiu estar dormindo e viu sua mulher deixar o quarto como de costume. Ele a seguiu cuidadosamente e a viu entrar em um cemitério. Sob os fracos raios de luz da lua, ele a viu entrar em uma das sepulturas e a seguiu.

A cena do lado de dentro era horrível. Um grupo de *ghouls* estava reunido em volta dos bens roubados de outros túmulos e se alimentava da carne dos cadáveres enterrados há tempos. Sua própria mulher, que, diga-se de passagem, nunca havia encostado no jantar em casa, desempenhava um papel nada temido naquele horroroso banquete.

Assim que pôde escapar com segurança, Abul-Hassan voltou correndo para sua cama.

Ele não disse nada para sua mulher até o início da noite seguinte, quando o jantar foi servido e ela recusou-se a comer. Ele insistiu que ela compartilhasse da comida e, mediante nova e veemente recusa, gritou com raiva: "Pois é, você guarda o seu apetite para o seu banquete com os *ghouls*!". Nadilla ficou em silêncio, trêmula, seu rosto pálido. Sem dizer uma palavra, foi até sua cama. À meia-noite, ela acordou e atacou seu marido com unhas e dentes, rasgando sua garganta e, após atingir uma veia, tentou sugar seu sangue. Mas Abul-Hassan pôs-se de pé e a derrubou, matando-a com um golpe. Ela foi enterrada no dia seguinte.

Três dias depois, à meia-noite, ela reapareceu e atacou seu marido novamente, mais uma vez tentando sugar seu sangue. Ele fugiu e, na manhã seguinte, abriu sua sepultura, queimou o corpo da mulher até só sobrarem as cinzas e as espalhou pelo rio Tigre.

VACAS MUTILADAS ENCONTRADAS NA RODOVIA

Encontrados dois mortos depois de bizarro pacto de suicídio

REAGAN FALARÁ COM O CONGRESSO HOJE

7 de setembro:

Hoje foi o primeiro dia de aula do Dean. Eu o coloquei na primeira série. Ele tem quase sete anos e contei que ele estava no jardim da infância no Kansas. Não insistiram muito depois que expliquei que, com a morte da mãe, tínhamos nos mudado muitas vezes. Acho que ficaremos aqui por um tempo. Vamos tentar, pelo menos. Me senti perfeitamente normal, levando Dean ao colégio. No caminho, ele me perguntou se as crianças aprendiam a mesma coisa que eu lhe ensinava. Respondi que era melhor que ele não falasse sobre as atividades do papai no recreio.

Ele voltou para casa felicíssimo e me mostrou folhas com o nome das partes do corpo de um peixe, números de maçãs e laranjas sendo somados... É assim que a vida deveria ser. Por que não é?

O Sammy quer ir para a escola também. Não consigo imaginar ficar em um lugar tanto tempo assim para dar tempo de ele ir também. Três anos parece muito tempo.

2 de novembro:

A Mary está morta há dois anos. Estou viajando faz três dias, limpando um prédio mal-assombrado em São Francisco. Fazer essas coisas já está virando rotina. Você ouve a história, encontra os restos mortais, queima e joga sal. Pronto. Dessa vez, eram restos de duas meninas. Durante a volta para o bar fiquei pensando que nunca terei filhas. O Dean percebeu algo diferente, ou talvez descobriu o que eu andei fazendo naquele dia. Quando cheguei, me perguntou se a caçada tinha sido difícil. Fiquei sem palavras por um minuto.

14 de novembro:

Ensinei Dean a atirar; se ele já é grande o suficiente para me consolar, já é grande o suficiente para aprender os ossos do ofício. Só o deixei usar a calibre 22, e ele foi muito bem. Meu sargento o teria escolhido em vez de mim na hora. Nessas épocas, fico muito orgulhoso do meu filho. Tenho a sensação de que será diferente com o Sammy. Talvez ele seja jovem demais para demonstrar, mas não acho que ele tenha o mesmo tipo de instinto assassino.

Plínio, o jovem, carta para Sura

Havia em Atenas uma casa grande e espaçosa, mas que tinha uma má reputação. Assim sendo, ninguém podia morar ali. Na calada da noite, um barulho metálico podia ser percebido, o qual, se ouvido com atenção, soava como o chacoalhar de correntes de ferro, distantes a princípio, mas aproximando-se gradativamente. No instante seguinte, um espectro aparecia na forma de um velho de aparência emaciada e esquálida, com uma longa barba e cabelos desgrenhados, arrastando as correntes presas aos seus braços e pernas. Enquanto isso, aflitos, os ocupantes da casa passavam horripilantes noites em claro, enfrentando terrores inimagináveis. Tudo isso, por perturbar o descanso, acabava por minar a saúde desses moradores, acarretando doenças, fazendo crescer o terror e sucedendo em morte. Mesmo na luz do dia, quando o espírito não aparecia, a imagem que deixara na imaginação era tão forte que ele parecia ainda estar diante de seus olhos, deixando-os num estado de alerta sem fim. Consequentemente, depois de um tempo, a casa foi ficando deserta, uma vez que foi considerada totalmente inabitável, ficando então completamente abandonada aos caprichos do fantasma. No entanto, na esperança de encontrar algum inquilino que não estivesse ciente dessas circunstâncias alarmantes, uma placa foi colocada, anunciando que a casa estava disponível para aluguel ou venda. Aconteceu que, Athenodorus, o filósofo, chegou a Atenas na mesma época e, vendo a placa, inquiriu sobre o preço do imóvel. O preço incrivelmente baixo levantou suspeita. Contudo, ao ouvir a história toda, ele estava muito menos inclinado a recusar os termos do aluguel do que a aceitá-los, como de fato o fez. Com a chegada da noite, ordenou que uma cama fosse preparada para ele na parte da frente da casa e, após pedir que lhe trouxessem uma lamparina e material para escrever, dispensou a criadagem. E para que sua mente, por desejar se ocupar, não acabasse ficando vulnerável a terrores frívolos advindos de barulhos e espíritos, dedicou-se a escrever com o máximo de atenção que podia. A primeira metade da noite passou em silêncio absoluto, como de costume; até que finalmente o tinir do ferro e o arrastar das correntes foram ouvidos. No entanto, ele não levantou os olhos, nem parou de escrever, mas, na tentativa de manter a calma e a compostura, tentou ignorar os sons, como se estivessem vindo de outro lugar. O barulho foi ficando mais alto e mais próximo, até que parecia estar à porta e, finalmente, dentro do cômodo. Ele levantou os olhos, viu e reconheceu o fantasma, exatamente como o haviam descrito: estava parado diante dele, gesticulando com o dedo, como quem chama o outro. Em resposta, Athenodorus fez um sinal com a mão, avisando que esperasse um pouco, e voltou seu olhar para seus escritos mais uma vez. O fantasma então arrastou suas correntes até o filósofo, que olhou novamente e, ao constatar que ele continuava sinalizando, levantou-se de pronto e o seguiu, lamparina em punho. Vagarosamente, o fantasma seguiu em sua penosa caminhada, como se estivesse sobrecarregado pelas correntes, e, ao entrar no quintal dos fundos da casa, desapareceu repentinamente. Vendo-se só, Athenodorus marcou o local em que o espírito o deixou com um pouco de grama e folhas. No dia seguinte informou as autoridades e aconselhou que o local fosse escavado. O trabalho foi realizado de acordo com o pedido, e o esqueleto de um homem acorrentado foi descoberto no local, uma vez que o corpo, tendo estado debaixo da terra há tanto tempo, já havia apodrecido e virado pó, desprendendo-se dos grilhões. Os ossos foram recolhidos e enterrados numa cerimônia pública; dessa forma, tendo sido apaziguado o espírito, a casa deixou de ser mal-assombrada.

1986

1º de janeiro:

Feliz Ano-novo. Mary, este ano eu vou encontrar o que matou você.

24 de janeiro:

Para comemorar o sétimo aniversário de Dean, dei-lhe outra aula de tiro. Ele queria disparar uma das armas grandes — é como ele as chamou. Deixei-o usar a Browning, mas segurei suas mãos. Sammy queria que eu o ajudasse a fazer um cartão para Dean. Parecia um dia normal, como se fôssemos uma família normal, e a mãe tivesse ido às compras, ao trabalho ou algo semelhante, ao invés de estar morta. Essa ilusão não dura muito tempo. Não posso deixá-la durar.

O maléfico Utukku que mata os homens na planície.
O maléfico Alû que cobre (o homem) feito roupas de baixo.
O maléfico Etimmu, o maléfico Gallû, que prendem o corpo.
Lamme (Lamashtu), Lammea (Labasu), que causam doenças no corpo.
Lilû, que vagueia na planície.
Eles se aproximaram de um homem e lhe causaram sofrimento.
Eles causaram uma doença dolorosa no corpo dele.
A maldição causou malefícios ao corpo dele.
Eles colocaram um maléfico goblin *em seu corpo.*
Uma praga maléfica adentrou o corpo dele.
Um veneno maléfico eles colocaram no corpo dele.
Uma maldição aflige os membros dele.
O mal e a aflição eles colocaram no corpo dele.
Veneno e contaminação embrenharam-se no corpo dele.
Eles causaram o mal.
Ser maléfico, rosto maléfico, boca maléfica, língua maléfica.
Bruxaria, veneno, baba, ardis malévolos,
Que são causados no corpo do doente.
Tenham pena do doente que tanto fazem gemer como um šharrat.

29 de janeiro:

Descansem em paz
Jarvis
Resnik
Smith
Onizuka
McAuliffe
McNair
Scobee

16 de abril:

Eles chamam de "Portão do Diabo" por um motivo.

Precisávamos transformar o Portão do Diabo em uma armadilha. Mas cometi um erro e o Bill morreu.

Era um *canyon* estreito, havia enchentes frequentemente (Arroyo Seco não é sempre seco), até que construíram um vertedouro e o reservatório. Mas coisas estranhas começaram a acontecer. Quatro crianças, em três anos, de 1957 a 1960, sumiram sem deixar rastros. Algumas pessoas veem coisas. Ninguém fala sobre isso. Bill tinha certeza de que algo subira através do *canyon* 30 anos atrás e que subiria novamente. Era algum tipo de cão do inferno. Então fomos até lá para pegá-lo no flagra e acabar com ele. "Cão do inferno" foi a expressão que Bill usou. Não sei se acredito no inferno, mas me lembro do Black Shuck e no que o espírito da Mary foi transformado em Blue Earth. Aquilo deve ter vindo de algum lugar. Era um demônio? Não sei se acredito em demônios. Já vi pessoas que acreditavam ser demônios e agiam como eles — mas como vamos saber a diferença entre demônios e metamorfos? Como saberemos?

Estou evitando falar. Vou contar como o Bill morreu.

Na boca do vertedouro, encontramos um fluido tenebroso vazando do concreto. Era marrom-escuro e fedia a enxofre. Se encostasse, queimaria o dedo. Bill fez um desenho em volta do líquido e o chamou de Armadilha do Diabo, devido a um livro chamado *A chave de Salomão*. Salmos 90:13. Com carvão, desenhou a armadilha na parede do vertedouro em volta do enxofre, e eu repeti o desenho no chão na frente do túnel usando sal. Sal *kosher*, sem iodeto. Bill disse que isso era importante. Ele começou a olhar o céu, enquanto o Sol se punha. Segundo ele, as primeiras estrelas diriam quando o cão do inferno iria aparecer. Olhei

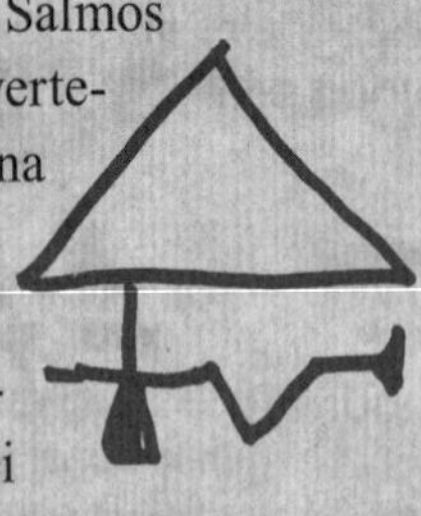

também, mas as estrelas não pareciam nada diferentes para mim. Ainda tenho muito que aprender. Lá estava eu, em Pasadena, e os meninos, no bar. Eu não estava sendo pai, mas um caçador. Eu estava caçando. Enquanto eu olhava para o céu, cometi um erro simples: não prestei atenção para onde meus pés estavam e acabei esbarrando no sal. Foi de leve, mas o suficiente para não impedir o que quer que saísse da boca do túnel.

Tinha aparência de fumaça e o barulho de um milhão de moscas. Quando o Bill olhou para o chão, a coisa entrou nele. Bill começou a tremer como um prisioneiro na cadeira elétrica, e duas vozes saíam de sua boca: uma era da coisa, do cão do inferno. Não sei que língua falava, mas a voz era tenebrosa. Era o som que um câncer faria se pudesse falar. Bill ficou repetindo: "Atire em mim, John. Atire em mim, John."

Obedeci.

Foi o maior erro que já cometi. Fui descuidado, idiota, e um homem bom acabou morrendo. Ele era marido, pai e um excelente caçador. Não sei como vou explicar o que houve à Ellen. E a Jo, coitada. Ela tem quatro anos. Como vou dizer a ela? Não posso deixar que a Ellen conte. Eu sou o responsável. Em menos de um minuto, chegara o fim: Bill Harvelle morto e eu com uma arma na mão, escutando o eco dos tiros nas colinas e o eco daquela voz tenebrosa na minha cabeça.

E, até o último momento, Bill estava me ensinando. À beira da morte e com aquilo em seu corpo, ele foi até a parede que fedia a enxofre e fez com que a fumaça saísse dele e fosse direto à armadilha. Então, Bill deu um passo para trás, com cuidado para não fazer o mesmo que eu, sentou-se e morreu encostado na parede do vertedouro, abaixo da armadilha que ele havia desenhado. Ele salvou a minha vida, embora eu tenha tirado a dele. Foi uma morte de caçador.

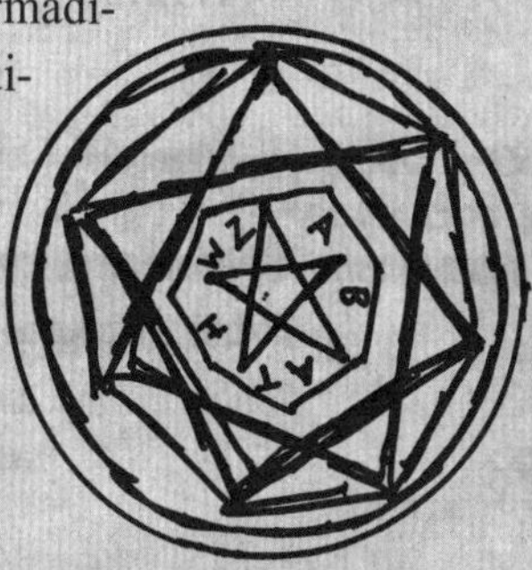

Copiei o desenho da armadilha, mas não precisava. Nunca vou conseguir esquecê-lo.

2 de maio:

Tahlequah, Oklahoma. Sammy fez três anos hoje. Comemoramos com um bolo de sorvete. Ele ainda estava todo lambuzado quando adormeceu. Dean está dormindo também. Os dois estão na mesma cama, porque o quarto só tem uma. Vou dormir no chão mesmo, se é que vou conseguir. Em algumas noites, basta eu vê-los dormir e saber que, se tiverem um pesadelo, eu vou estar do lado para ajudar.

17 de maio:

Hoje completaríamos oito anos de casamento.

5 de setembro:

Dean começou a segunda série. Fico de olho nele como se fosse um falcão. Ele me faz jurar que vou cuidar bem do Sammy antes de ir para a escola. Amo esse menino! Passo o dia todo com Sammy, enquanto Dean está no colégio. Sammy é diferente, ainda não compreendeu a ideia de caçar os vilões e é novo demais para entender o que significa vingar sua mãe. Para ele, a morte da mãe só significa que ela não está mais presente, ele quase não se lembra dela. "Mary" é apenas uma palavra. Ele nunca teve uma mãe — mesmo assim, é para ficar triste por ela ter morrido. Acho que ele não entende. E como poderia?

30 de outubro:

Presenciei um exorcismo hoje. Ou algo que parecia um. De acordo com o Jim, demônios são reais. Não sei se acredito — ele é pastor, então claro que acredita, mas... demônios? Vindos do inferno? Mesmo depois de tudo aquilo que vi nesses últimos três anos (ou quase), não consigo encaixar demônios na história. Mas, depois de ver o que aconteceu com o Bill no Portão do Diabo e tudo o que houve hoje... não tenho mais certeza.

Jim sabe do meu diário. Quando terminou — e a garota parecia que tinha acabado de acordar do pior e mais inimaginável pesadelo —, ele me levou à sua igreja e me fez copiar uma versão curta do *Rituale romanum*, o ritual de exorcismo. Segundo ele, geralmente não é necessário ler tudo, porque a maioria dos demônios não aguenta tanto. Mesmo assim, ele quer que eu tenha uma cópia do ritual inteiro, por precaução. Então vou copiar. Não sei se acredito na existência de demônios, mas não posso mais não acreditar que não existam.

> *Para a expulsão de forças ou energias demoníacas residindo em um indivíduo, possessão da alma, comando dos gestos e habilidades do indivíduo.*

O *Rituale romanum* foi muito usado do meio ao final do século XIII em grande parte da Europa Oriental, até que a Igreja baniu seu uso no início do século XIV. Os estudos indicam que ele era particularmente útil em livrar o indivíduo de visitantes indesejados. A primeira parte do ritual expulsa a entidade do anfitrião e a segunda parte manda o espírito de volta para seu lugar de origem. Repetir a seguinte encantação:

1. *Regna Terrae, cantate deo,*
   psallite dominio,
   qui vehitur per calus
   caelos antiquos!

   Ecce, Edit vocem suam, vocem potentem:
   Akinoscite potentiam dei!

   Majestas ejus,
   Et potentia ejus
   In nubibus.

2. *Timendus est dues e sancto suo,*
   dues Israel; ipse potentiam
   datet robur populo suo
   benedictus dues.

   Gloria Patri.

Completada a primeira parte, o demônio pode tomar uma ou mais formas, tanto líquida, como gasosa, como corpórea, como uma combinação de todas estas. É preciso muito cuidado para realizar a segunda parte do ritual, porque o demônio, depois de expulso, pode se tornar muito poderoso sem um anfitrião. Atenção: o espírito pode entrar em uma pessoa através de qualquer orifício. Mantenha os olhos abertos e a boca fechada.

Em Michigan, o dia 30 de outubro é conhecido como "*Devil's night*", a noite do Diabo.

2 de novembro:

Mary está morta há três anos. Ela não sabe que Sammy já aprendeu o alfabeto e que gosta de caçar insetos. Não sabe que Dean fica de olho no irmão como se fosse um falcão, com uma expressão que diz que ele está disposto a morrer para manter Sammy a salvo. Não sabe que ver essa expressão acaba comigo, e que eu sou o responsável por colocar essa ideia de que Sammy é responsabilidade dele em sua cabeça. Ele está com oito anos, e eu lhe disse que a vida do irmão está em suas mãos. Mary, eu não tinha direito de fazer isso, mas o que mais eu poderia fazer?

1987

1º de janeiro:

Outro Ano-novo. Outra promessa. Vou encontrar o que matou você, Mary. E destruí-lo.

Encontrei o *Rituale romanum* completo, a versão preferida dos exorcistas quando há tempo. Espero nunca precisar.

> *OREMUS ORATIO*
> *Deus, et pater Domini nostri Jesu Christi, invoco nomen sanctum tuum, et clementiam tuam supplex exposco: ut adversus hunc, et omnem immundum spiritum, qui vexat hoc plasma tuum, mihi auxilium praestare igneris. Per eumdem Dominum. Amen.*
>
> *EXORCISMUS*
> *Exorcizo te, immundissime spiritus, omnis incursio adversarii, omne phantasma, omnis legio, in nomine Domini nostri Jesu Christi eradicare, et effugare ab hoc plasmate Dei. Ipse tibi imperat, qui te de supernis caelorum in inferiora terrae demergi praecepit. Ipse tibi imperat, qui mari, ventis, et tempestatibus imperavit. Audi ergo, et time, satana, inimice fidei, hostis generis humani, mortis adductor, vitae raptor, justitiae declinator, malorum radix, fomes vitiorum, seductor hominum, proditor gentium, incitator invidiae, origo avaritiae, causa discordiae, excitator dolorum: quid stas, et resistis, cum scias. Christum Dominum vias tuas perdere? Illum metue, qui in Isaac immolatus est, in Joseph venumdatus, in agno occisus, in homine crucifixus, deinde inferni triumphator fuit. Sequentes cruces fiant in fronte obsessi. Recede ergo in nomine Patris et Filii, et Spiritus Sancti: da locum Spiritui Sancto, per hoc signum sanctae Crucis Jesu Christi Domini nostri: Qui cum Patre et eodem Spiritu Sancto vivit et regnat Deus. Per omnia saecula saeculorum. Amen.*

OREMUS ORATIO

Deus, conditor et defensor generis humani, qui hominem ad imaginem tuam formasti; respice super hunc famulum tuum (N.), qui dolis immundi spiritus appetitur, quem vetus adversarius, antiquus hostis terrae, formidinis horrore circumvolat, et sensum mentis humanae stupore defigit, terrore conturbat, et metu trepidi timoris exagitat. Repelle, Domine, virtutem diaboli, fallacesque ejus insidias amove: procul impius tentator aufugiat: sit nominis tui signo (in fronte) famulus tuus munitus et in animo tutus et corpore (tres cruces sequentes fiant in pectore daemoniaci). Tu pectoris hujus interna custodias. Tu viscera regas. Tu cor confirmes. In anima adversatricis potestatis tentamenta evanescant. Da, Domine, ad hanc invocationem sanctissimi nominis tui gratiam, ut, qui hucusque terrebat, territus aufugiat, et victus abscedat, tibique possit hic famulus tuus et corde firmatus et mente sincerus, debitum praebere famulatum. Per Dominum. Amen.

EXORCISMUS

Adjuro te, serpens antique, per judicem vivorum et mortuorum, per factorem tuum, per factorem mundi, per eum, qui habet potestatem mittendi te in gehennam, ut ab hoc famulo Dei (N.), qui ad Ecclesiae sinum recurrit, cum metu, et exercitu furoris tui festinus discedas. Adjuro te iterum (in fronte) non mea infirmitate, sed virtute Spiritus Sancti, ut exeas ab hoc famulo Dei (N.), quem omnipotens Deus ad imaginem suam fecit. Cede igitur, cede non mihi, sed ministro Christi. Illius enim te urget potestas, qui te Cruci suae subjugavit. Illius brachium contremisce, qui devictis gemitibus inferni, animas ad lucem perduxit. Sit tibi terror corpus hominis (in pectore), sit tibi formido imago Dei (in fronte). Non resistas, nec moreris discedere ab homine isto, quoniam complacuit Christo in homine habitare. Et ne contemnendum putes, dum me peccatorem nimis esse cognoscis. Imperat tibi Deus. Imperat tibi majestas Christi, imperat tibi Deus Pater, imperat tibi Deus Filius, imperat tibi Deus Spiritus Sanctus. Imperat tibi sacramentum Crucis. Imperat tibi fides sanctorum Apostolorum Petri et Pauli, et ceterorum Sanctorum. Imperat tibi Martyrum sanguis. Imperat tibi continentia Confessorum. Imperat tibi pia Sanctorum et Sanctarum omnium intercessio. Imperat tibi christianae fidei mysteriorum virtus. Exi ergo, transgressor. Exi, seductor, plene omni dolo et fallacia, virtutis inimice, innocentium persecutor. Da locum, dirissime, da locum, impiissime, da locum Christo, in quo nihil invenisti de operibus tuis: qui te spoliavit, qui regnum tuum destruxit, qui te victum ligavit, et vasa tua diripuit: qui te projecit in tenebras exteriores, ubi tibi cum ministris tuis erit praeparatus interitus. Sed quid truculente reniteris? Quid temerarie detrectas? Reus es omnipotenti Deo, cujus statuta transgressus es. Reus es Filio ejus Jesu Christo Domino nostro, quem tentare ausus es, et crucifigere praesumpsisti. Reus es humano generi, cui tuis persuasionibus mortis venenum propinasti. Adjuro ergo te, draco nequissime, in nomine Agni immaculati, qui ambulavit super aspidem et basiliscum, qui conculavit leonem et draconem, ut discedas ab hoc homine (fiat signum crucis in fronte), discedas ab Ecclesia Dei (fiat signum crucis super circumstantes): contremisce, et effuge, invocato nomine Domini illius, quem inferi tremunt: cui Virtutes caelorum, et Potestates, et Dominationes subjectae sunt: quem Cherubim et Seraphim indefessis vocibus laudant, dicentes: Sanctus, sanctus, sanctus Dominus Deus Sabaoth. Imperat tibi Verbum caro factum. Imperat tibi natus ex Virgine. Imperat tibi Jesus Nazarenus, qui te, cum disciplulos ejus contemneres, elisum atque prostratum exire praecepit ab homine: quo praesente, cum te ab homine separasset, nec porcorum gregem ingredi praesumebas. Recede ergo nunc adjuratus in nomine ejus ab homine, quem ipse plasmavit. Durum est tibi velle resistere. Durum est tibi contra stimulum calcitrare. Quia quanto tardius exis, tanto magis tibi supplicium crescit, quia non homines contemnis, sed illum, qui dominatur vivorum et mortuorum, qui venturus est judicare vivos et mortuos, et saeculum per ignem. Amen.

OREMUS ORATIO

Deus caeli, Deus terrae, Deus Angelorum, Deus Archangelorum, Deus Prophetarum, Deus Apostolorum, Deus Martyrum, Deus Virginum, Deus, qui potestatem habes donare vitam post mortem, requiem post laborem: quia non est alius Deus praeter te, nec esse poterit verus, nisi tu, Creator caeli et terrae, qui verus Rex es, et cujus regni non erit finis; humiliter majestati gloriae tuae supplico, ut hunc famulum tuum de immundis spiritibus liberare digneris. Per Christum Dominum Nostrum. Amen.

EXORCISMUS

Adjuro ergo te, omnis immundissime spiritus, omne phantasma, omnis incursio satanae, in nomine Jesu Christi Nazareni, qui post lavacrum Joannis in desertum ductus est, et te in tuis sedibus vicit: ut, quem ille de limo terrae ad honorem gloriae suae formavit, tu desinas impugnare: et in homine miserabili non humanam fragilitatem, sed imaginem omnipotentis Dei contremiscas. Cede ergo Deo qui te, et malitiam tuam in Pharaone, et in exercitu ejus per Moysen servum suum in abyssum demersit. Cede Deo qui te per fidelissimum servum suum David de rege Saule spiritualibus canticis pulsum fugavit. Cede Deo qui te in Juda Iscariote proditore damnavit. Ille enim te divinis verberibus tangit, in cujus conspectu cum tuis legionibus tremens et clamans dixisti; quid nobis et tibi, Jesu, Fili Dei altissimi? Venisti huc ante tempus torquere nos? Ille te perpetuis flammis urget, qui in fine temporum dicturus est impiis: Discedite a me, maledicti, in ignem aeternum, qui paratus est diabolo et angelis ejus. Tibi enim, impie, et angelis tuis vermes erunt, qui numquam morientur. Tibi, et angelis tuis inexstinguibile praeparatur incendium: quia tu es princeps maledicti homicidii, tu auctor incestus, tu sacrilegorum caput, tu actionum pessimarum magister, tu haereticorum doctor, tu totius obscoenitatis inventor. Exi ergo, impie, exi, scelerate, exi cum omni fallacia tua: quia hominem templum suum esse voluit Deus. Sed quid diutius moraris hic? Da honorem Deo Patri omnipotenti, cui omne genu flectitur. Da locum Domino Jesu Christo, qui pro homine sanguinem suum sacratissimum fudit. Da locum Spiritui Sancto, qui per beatum Apostolum suum Petrum te manifeste stravit in Simone mago; qui fallaciam tuam in Anania et Saphira condemnavit; qui te in Herode rege honorem Deo non dante percussit; qui te in mago Elyma per Apostolum suum Paulum caecitatis caligine perdidit, et per eumden de Pythonissa verbo imperans exire praecepit. Discede ergo nunc, discede, seductor. Tibi eremus sedes est. Tibi habitatio serpens est: humiliare, et prosternere. Jam non est differendi tempus. Ecce enim dominator Dominus proximat cito, et ignis ardebit ante ipsum, et praecedet, et inflammabit in circuitu inimicos ejus. Si enim hominem fefelleris, Deum non poteris irridere. Ille te ejicit, cujus oculis nihil occultum est. Ille te expellit, cujus virtuti universa subjecta sunt. Ille te execludit, qui tibi, et angelis tuis praeparavit aeternam gehennam; de cujus ore exibit gladius acutus: qui venturus est judicare vivos et mortuos, et saeculum per ignem. Amen.

24 de janeiro:

O Dean faz oito anos hoje. Ele está indo bem na segunda série. Espero que possamos ficar aqui. Ele está na escola agora, e haverá uma festinha para ele. Quando voltar para casa, vamos sair como uma família. Vamos ao Chuck E. Cheese's comer pizza e jogar muito *video game*.

2 de maio:

Sammy fez quatro anos hoje. E, para variar, estamos no Colorado. Dos quatro aniversários, passamos três visitando Daniel. As montanhas são um ótimo lugar nessa época. De repente isso vira uma tradição nossa — mas tenho a sensação de que não é hora de criar tradições. Tive de tirar Dean do colégio quando recebi um aviso de Ellen que um visitante do bar havia exorcizado um demônio que sabia onde estávamos.

Acho que os caçadores chamam um monstro de "demônio" quando não sabem o que é. É fácil usar essa palavra. Mas, seja lá o que for, se está atrás dos Winchester, é nosso inimigo. Estamos nos mudando por dois motivos: 1) O inimigo sabe onde estamos. 2) Irei atrás dele, não importa onde esteja... assim que eu descobrir onde está.

Estamos no Colorado, mas vamos para o Texas. Dean vai entender.

Sammy pegou os livros de Daniel e fingiu que estava lendo. Ele já entende algumas palavras, mas, como qualquer criança de sua idade, as ilustrações são muito mais interessantes. Paramos aqui porque matei um estranho zumbi em abril. Eu nunca tinha visto nenhum daquele tipo. Foi em Greektown, no estado de Detroit. Daniel soube de cara qual era.

VRYKOLAKAS: Depois de um sepultamento não consagrado, volta para matar pessoas no cemitério ou para causar problemas na casa onde morava. Às vezes aparece como humano, em outras ocasiões como um tipo de lobisomem (ainda que em algumas versões o Vrykolakas seja destruído após ser desenterrado e comido por um lobo). Pode sugar a força das pessoas quando elas estão dormindo, de maneira semelhante ao súcubo/íncubo e ao Mara.

As histórias variam muito, geralmente incorporando elementos do poltergeist. Às vezes o Vrykolakas ataca e mata pessoas; outras vezes ele perturba o sono das pessoas; às vezes só as crianças morrem; ou então ele só está esperando que os membros de sua família cumpram uma promessa para se dissipar. Há muitas coincidências nas lendas sobre vampiros e Vrykolakas. Não tenho certeza se um é uma subespécie do outro, ou se confusões no legado das crenças acabaram por obscurecer as verdadeiras diferenças.

VETALAS: Espíritos hostis. Eles reanimam cadáveres – os seus próprios ou os de outras pessoas – para que possam zanzar por aí. Assombram cemitérios e campos. Atacam em cemitérios e podem levar pessoas à loucura. Matam crianças, possivelmente para se alimentar, e são conhecidos por induzir abortos espontâneos. Como estão presos entre o mundo material e o mundo dos mortos, podem ser dissipados através da execução dos ritos funerários.
Observação: o exorcismo não funciona com o Vetala. Eles não são demônios no sentido que a tradição judaico-cristã entende esse ritual. Se for pego de bom humor, o Vetala pode lhe contar o passado e fazer previsões sobre o futuro. Por esse motivo, são muito procurados por feiticeiros – na grande maioria das vezes resultando em acidentes fatais para esses feiticeiros, uma vez que, se pego de mau humor, o Vetala é letal e pode matá-lo antes mesmo que você perceba a sua presença. A melhor ideia é fazer logo os ritos funerários e despachá-los de uma vez.

17 de maio:

Hoje completaríamos nove anos de casamento. Será que teríamos mais filhos? A Mary falava em ter uma filha. Eu gostaria de ter uma filha.

É verão, e estamos viajando. Já estou pensando em como resolver o problema de colocar Dean em uma escola. Estou percebendo que você pode fazer uma criança mudar de escola mensalmente, e as instituições aceitam porque precisam. Uma parte de mim se pergunta como a criança aceita essas mudanças também.

Mas filhos precisam ser soldados. E soldados se adaptam.

13 de julho:

As crianças dizem cada coisa... Fomos a Portland, no estado do Maine, porque eu soube de um pajé miqmaq chamado David Fowler que morava lá. Contei minha história e ele concordou em invocar um manitu para eu lhe fazer perguntas. Descemos ao porão da casa dele e Fowler começou a preparar a invocação. Disse que eu era o único branco a ter visto aquilo e que só estava fazendo um favor aos caçadores que conhecia. O xamã queimou tabaco sagrado e outras ervas que não reconheci. O cômodo ficou mais esfumaçado do que deveria. O manitu apareceu, e eu fui direto ao ponto: perguntei quem ou o que havia matado Mary. Foi aí que as coisas começaram a dar errado.

Ainda não sei se o Fowler cometeu um erro ou se outro espírito veio junto com o manitu. O que quer que tenha vindo assumiu uma forma física e real. Parecia-se com um urso. Antes que eu pudesse impedi-lo, matou Fowler. Quase me matou também, mas eu lutei. Não sei se venci, porque o espírito entrou no corpo do Fowler e foi embora pela janela do porão. Saí correndo de lá e peguei os meninos. Estávamos quase na fronteira com New Hampshire, e eu tinha contado ao Dean alguns detalhes do que tinha acontecido, porque eu estava tão frustrado e envergonhado que tinha que conversar com alguém. O Sammy dormiu o tempo inteiro.

Aí o Dean me fez uma daquelas perguntas que as crianças bolam: "Pai, o manitu não vai atacar outras pessoas agora?"

É difícil encarar algo assim. Não foi a pergunta nem o fato de o Dean estar certo, mas é que ele tinha um senso de certo e errado melhor que eu. Estávamos de volta à casa do Fowler uma hora depois, e naquela mesma noite eu encontrei o manitu e o matei. Ele estava perto de um acampamento de escoteiros mirins em um lugar chamado *Bradbury Mountain*. Só Deus sabe o que teria acontecido, se Dean tivesse ficado quieto.

Cheguei muito perto de enlouquecer. Quase deixei essa jornada acabar com a minha noção do que é o certo, e crianças poderiam ter morrido. Um caçador nunca evita uma caçada. Um caçador nunca desiste dela. Isso não se repetirá. Nunca mais. Não vou fracassar com a memória da Mary nem com os meninos.

O chenoo, do folclore da tribo miqmaq, é um espírito invernal com um coração de gelo, feito a partir de um humano, que quer matar aqueles que ama. Durante o período de transformação, a pessoa que está virando o chenoo come neve e recusa qualquer outro tipo de comida. Se tornará irritadiço e zangado. Depois da transformação, o chenoo atacará e matará outros membros da tribo – ou qualquer outra pessoa. Se for morto, o corpo precisa ser totalmente queimado, pois deixar qualquer pequena parte dele pode resultar em outro chenoo. Há muito em comum com as lendas sobre o wendigo encontradas no oeste do país. Não sei se foi esse tipo de espírito que matou Fowler. Foi no verão; acho que não era. Mas, quando voltei à sua casa, peguei um livro. Li o livro de um morto. Na próxima vez, estarei pronto.

2 de novembro:

A Mary já está morta há quatro anos. Dean me perguntou hoje como ela era. Ele só fala da Mary nesse dia. Eu não podia nem lhe mostrar uma foto, então disse o que se diz a um menino que pergunta sobre a mãe já falecida: que ela era linda e gentil e que amava os filhos mais do que qualquer outra coisa no mundo.

1988

24 de janeiro:

Dean completou nove anos hoje. Estamos viajando, então talvez ele não termine a terceira série. Ele mesmo se apelidou de "O Aluno Novo" e repete isso o tempo inteiro. Só esse ano, já estudou em três escolas. Quem sabe em quantas mais ele vai estudar?

14 de abril:

SAL

Símbolo de permanência, incorruptibilidade. A palavra "salvação" se originou do uso de sal para selar as leis. Judeus, no Templo, ofereciam e sempre usaram sal nos rituais sabáticos. Levítico 2:13: "E todas as tuas ofertas dos teus alimentos temperarás com sal; e não deixarás faltar à tua oferta de alimentos o sal da aliança do teu Deus; em todas as tuas ofertas oferecerás sal." A esposa de Ló virou uma estátua de sal para mostrar a permanência dos erros. Em II Reis, Eliseu purifica uma fonte de água usando sal. Jesus criou a expressão "sal da terra" para designar os apóstolos, devido ao comprometimento deles. O sal é usado em rituais católicos sacros. O sal derrubado não deve ser recolhido; o azar é compensado quando se joga sal sobre o ombro, nos demônios que se aproximam por conta do descuido. Na tradição budista, o sal afugenta os maus espíritos. Jogue sal por cima do seu ombro antes de entrar na sua casa depois de um funeral para impedir que espíritos o acompanhem. O sal é usado para purificação na tradição xintoísta, entre outras. O folclore xintoísta diz que a primeira massa de terra, Onogoro Shima, surgiu quando o sal se separou do oceano. Tribos indígenas do sudoeste norte-americano restringiam aqueles que podiam comer sal. Lendas da tribo hopi sobre a preciosidade do sal diziam que o local onde havia depósitos do mineral – de difícil acesso, perigoso para se trabalhar – era punição dos Guerreiros Gêmeos.

Usos práticos: uma linha de sal é uma barreira que segura qualquer espírito. Médiuns usam-nas para limitar o movimento dos espíritos que invocam. No folclore japonês, fantasmas ficam presos em jarras cheias de sal. Um tiro de sal mineral com uma espingarda de cano duplo é suficiente para acabar com a manifestação ectoplasmática de um espírito. Para destruir um espírito permanentemente, jogue sal nos restos ou no foco da assombração, antes de queimar. "O Diabo não gosta de sal na carne." Pescadores escoceses jogavam sal no oceano para cegar fadas maliciosas.

Na mitologia nórdica, o ancestral dos deuses nasceu a partir do sal.

O lado negro do sal: salgar a terra depois de uma batalha impede que plantas cresçam, então ninguém viverá naquela área. Pode ser revertido e se tornar um símbolo de esterilidade.

Há um mito entre escravos caribenhos que os africanos — o povo igbo, em particular — podiam voar porque não ingeriam sal em seu país natal.

É PRECISO USAR SAL MINERAL — SAL COM IODETOS É IMPURO, NÃO FUNCIONA.

2 de maio:

Sammy fez cinco anos hoje. Graças a Deus, foi por pouco.

Eu poderia culpar o Dean, fui eu que errei. Todos são culpados. Eu errei o tiro e deixei Dean cuidando do irmão, mas ele não conseguiu apertar o gatilho quando precisava. Não lhe ensinei bem o suficiente. Se ele hesitar assim novamente, meus filhos vão morrer... mas que tipo de pai sou eu para colocar um menino de nove anos em uma situação em que ele precise matar para proteger o irmão?

Sou o tipo de pai que preciso ser. O tipo que ensina os filhos que nenhum homem ou monstro mata a mãe deles e sai impune. O tipo que mostra para eles que, quando se trata de família, é preciso fazer de tudo para acertar as coisas.

Estamos em Wisconsin, então podemos ir até Blue Earth ver como está o Jim. Ele vai querer saber disso, e talvez me faça bem conversar com ele.

Lembrete: contar ao Jim sobre os hauçás, uma tribo africana cujas bruxas guardam pedras mágicas no estômago. Elas comem as almas das vítimas lentamente, fazendo com que se decomponham e morram. Além disso, podem se transformar em cachorros. Outra bruxa africana, sukuyadyo ou obayifo, prende as vítimas usando magia e absorve seu sangue ou força vital. A sukuyadyo pode trocar de pele e tomar a forma de outra pessoa, escondendo a real aparência, sob um pote ou almofariz em casa. Há também associações entre as lendas dos xamãs e lendas medievais europeias sobre vampiros. Obayifo se transforma em uma bola de luz para absorver força vital. (fogo-fátuo.)

É hora de Sammy aprender a ler.

JIANG SHI: "Cadáver viajante". Cadáveres reanimados da tradição chinesa que matam criaturas vivas para se alimentar do seu Spiritus Vitae (chi). É possível que sejam restritos às rodovias, mas estou escrevendo baseado em uma história que o Bobby me contou. Nunca vi um. Espero nunca ver.

17 de maio:

Hoje completaríamos dez anos de casamento.

28 de setembro:

Sessão espírita:

Colocar uma pequena tigela cheia de ervas frescas sobre uma toalha de altar limpa. Por toda a borda da toalha, colocar o mesmo número de velas pretas e brancas, alternando uma com a outra. Depois de acender todas elas, recitar:

Amate spiritus obscure, te quaerimus.
Te oramus, nobiscum colloquere, apud nos circita.

Ao final da encantação, polvilhar a chama de uma das velas com olíbano, sândalo ou pó de canela.

Pitágoras realizou sessões espíritas em aproximadamente 540 a.C., usando algo parecido com um tabuleiro Ouija. Fazendo uso de uma mesa girante que ia em direção a símbolos dispostos em um círculo, Pitágoras e seu discípulo Filolau interpretaram os movimentos como sinais de espíritos.

Perímede e Euríloco seguraram as vítimas, enquanto eu desembainhava a espada e escavava o poço, de um côvado de comprimento e um de largura. Fiz a libação para Todas-as-Almas, primeiro com mel e leite, depois com bom vinho e da terceira vez com água, e espalhei por cima a alva farinha de aveia. Fervorosamente implorei ao envoltório vazio dos mortos e prometi que, quando voltasse a Ítaca, sacrificaria, em minha própria casa, uma vaca parida, a melhor que tivesse, e muitas coisas de valor na pira crematória; para Teiresias, em lugar diferente, sacrificaria o melhor carneiro negro de meus rebanhos.

Depois de ter feito a prece e as súplicas à corte dos mortos, cortei o pescoço das vítimas sobre o buraco que abrira e o sangue vermelho escorreu para dentro dele. Então, as almas dos mortos que haviam passado vieram em multidão do Érebo: jovens e recém-casadas, velhos que muito haviam sofrido e donzelas para quem o sofrimento era uma novidade; outros mortos em combate, guerreiros vestindo armaduras ensanguentadas. Toda essa multidão ajuntou-se em torno do poço, de todos os lados, fazendo um barulho terrível, que me fez empalidecer de medo.

Eu disse, então, aos meus homens para levarem as vítimas que ali estavam mortas, esfolá-las, queimá-las e dirigir preces ao poderoso Hades e à terrível Perséfone. Eu mesmo, com a espada desembainhada, fiquei sentado imóvel e não deixei os envoltórios vazios dos mortos aproximarem-se do sangue até fazer as perguntas a Teiresias.

Katabasis: a descida ao mundo dos mortos – Orfeu procurando Eurídice. Foi adaptada à necromancia grega. Uma projeção espiritual do necromante desceria ao mundo dos mortos para falar com eles.

Katadesmoi: uma maldição grega gravada em uma tábua de cobre (geralmente). Um espírito é invocado e preso à tábua para assegurar que a maldição terá efeito. O termo também é usado para a invocação e prisão de um espírito para fazer determinada tarefa. Enterrar katadesmoi em um cemitério ou local sacro para ter mais efeito.

... almas depois da morte ainda amam o corpo que deixaram para trás, porque desejam que seja enterrado, ou por o terem deixado depois de uma morte violenta. Ficam vagando por perto da carcaça, na forma de um espírito atormentado e úmido, como se fossem atraídas por algo que tem uma afinidade com elas...

Conjuração necromântica de Reginald Scot, tirado de Discoverie of Witchcraft. Selos da Terra são necessários para trazer o espírito.

PRIMEIRO, ora durante três dias e abstém-te de qualquer ato impuro; procura um cadáver recém-enterrado, como um que tenha cometido suicídio ou tenha morrido por vontade própria; ou faze uma pessoa que será em breve enforcada prometer-te que, depois que o corpo dela estiver morto, o espírito virá e obedecerá a ti, quando o invocares, em qualquer dia, hora ou minuto. Não deixes ninguém mais presenciar, apenas tu. Às 11 horas da noite, vá ao local onde a pessoa foi enterrada e dize com fé e força que desejas que o espírito venha, pois estás chamando; tem uma vela na mão esquerda e, na mão direita, uma pedra de cristal, e dize as seguintes palavras em seguida; o mestre segurando uma vara de aveleira na mão direita, com os seguintes nomes de Deus gravados nela: Tetragrammaton + Adonay + Agla + Cráton. Então bate três vezes no chão e dize:

Levanta-te, N. Levanta-te, N. Levanta-te, N. Conjuro teu espírito, N., pela ressurreição do nosso Senhor Jesus Cristo, para que tu obedeças às minhas palavras e venhas a mim esta noite, pois tu crês que serás salvo no Dia do Julgamento Final. Juro em teu nome, pela minha própria alma, que, se tu vieres a mim, apareceres aqui esta noite, me mostrares visões verdadeiras na pedra de cristal e trazeres até mim a fada Sibylia, para que eu possa falar com ela, e ela aparecer perante mim, como diz a conjuração, então far-te-ei uma caridade e rezarei por ti, N., para o meu Senhor Deus, a fim de que tu sejas salvo no dia da ressurreição, para tu seres recebido como um dos eleitos por Deus, para a glória eterna, Amém.

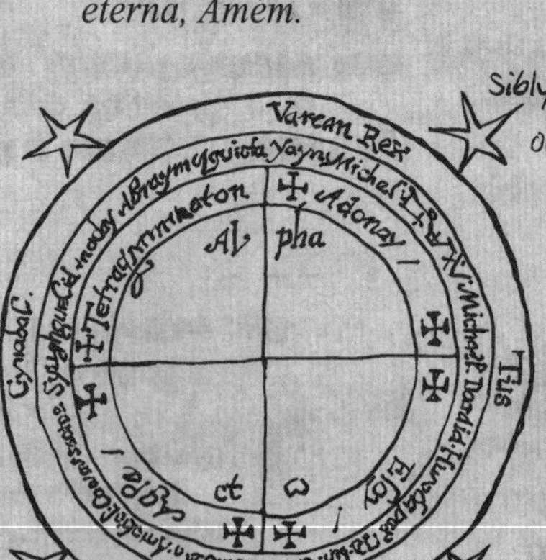

Sibly, conjuração necromântica. Na tumba ou no túmulo, depois de fazer o círculo de proteção: "Pela virtude da santa ressurreição, e os tormentos dos amaldiçoados, conjuro-te e exorcizo-te, espírito de N., a fim de que obedeças meus comandos; se não fores obediente com estas cerimônias sagradas, causarás a ti próprio tormento e dor eternos. Levanta-te, levanta-te, levanta-te, é o meu comando."

2 de novembro:

Mary está morta há cinco anos. Fomos casados por cinco anos também. Às vezes parece que estou cumprindo uma pena, e o único jeito de sair dessa prisão é encontrar quem ou o que tirou Mary de mim.

5 de dezembro:

O professor de Dean me ligou para avisar que o meu filho tinha feito uma assinatura do *Weekly World News* e mandou entregarem o tabloide na escola. Como ele pagou pela assinatura? Eu poderia até perguntar ao Dean, mas ele já está inteligente demais para me dar uma resposta direta. Eu poderia obrigá-lo a responder, mas para quê? Se isso faz com que ele fique mais confortável no mundo dele...

27 de dezembro:

Uma variação, para invocar e manter contato com anjos. Mas nunca conheci nenhum caçador que acreditasse neles. Nem aqueles que já viram demônios.

1989

24 de janeiro:

Dean completa dez anos hoje. Reagan não é mais o presidente. Um caçador maluco contou-me, há uns anos, que o Reagan era um avatar do Anticristo porque os nomes dele tinham seis letras cada um: Ronald Wilson Reagan. Além disso, ele morou na St. Cloud Road, número 666.

É possível que o número original da Besta tenha sido 616. O Códex Ephraemi Rescriptus atesta isso. São Jerônimo disse 616, em vez de 666. 666 é um número triangular (1+2+3+4+5+...36), então é mais simétrico que 616.

616: código de área da parte oeste do estado de Michigan – Kalamazoo, Grand Rapids, Traverse City.

Medo do número 666: hexacosioihexecontahexafobia.

Gematria: numerologia hebraica. Valores foram transpostos, posteriormente, a outros alfabetos. De acordo com a gematria, o livro do Apocalipse dá nomes possíveis do Anticristo:

Lampetis = o ilustre

Teitan = ?

Palaibaskanos = antigo feiticeiro

Benediktos = bastardo azul

Kakos Odegos = guia maléfico

Alethes Blaberos = perigoso

Amnos Adikos = cordeiro injusto

O Niketes = o conquistador

Antemos = oponente

Diclux = traidor (é o mesmo que Teitan, mas em latim)

Genserikos = Genserico, vândalo que saqueou Roma?

Arnodymy = eu nego

Acxyme = ?

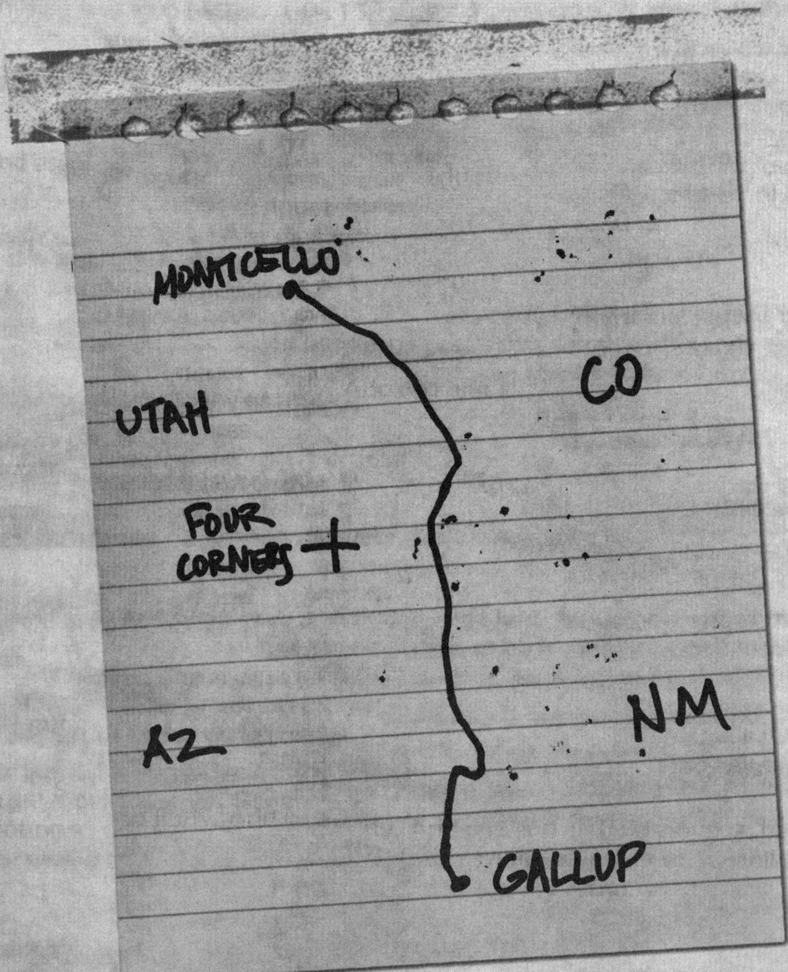

Locais onde cães negros foram vistos?

2 de maio:

O Sammy fez seis anos hoje. Este ano ele começa o jardim de infância, onde quer que estejamos. Ele é muito diferente de Dean. É quieto, observador. Já aprendeu que há coisas a se temer no mundo, mas, enquanto Dean quer enfrentá-las, eu tenho a sensação de que Sammy só observa, aprende. Ele está percebendo alguma coisa. Mas, quando faz uma pergunta, ela é ótima.

13 de maio:

17 de maio:

Hoje completaríamos onze anos de casamento.

10 de junho:

4 de julho:

Vou contar como caçadores passam os feriados.

Coloquei Sammy e Dean num acampamento perto de Blue Earth, para poder tirar algumas dúvidas com o pastor Jim. Enquanto isso, os meninos poderiam voltar a ser normais por algum tempo. Eu deveria saber que nem um acampamento de verão seria normal com os Winchester. No quinto dia, Dean estava fazendo canoagem em uma corredeira no Blue Earth River e as coisas começaram a dar errado. Ele jurou para mim que tinha visto alguma coisa — mas disse "alguém" — virar sua canoa. Não pensei muito a respeito... até a semana seguinte, quando outra canoa foi virada e o instrutor que a remava morreu. Fiquei investigando durante alguns dias e descobri uma lenda da tribo *cree* sobre um humanoide malandro chamado *mannegishi*. Os *mannegishis* habitam as corredeiras e gostam de virar canoas, mas só atacam se os habitantes da região os deixarem realmente zangados. O que houve?

Acontece que o acampamento está em expansão e foi necessário destruir formações rochosas, que ficavam perto do rio e que continham pictogramas, mostrando como a tribo *cree* reverenciava esses seres. Os *mannegishis* não gostaram de perder os tais pictogramas e começaram a descontar sua raiva no pessoal do acampamento.

Eu já teria matado todos os *mannegishis* por terem atacado o Dean, mas a verdade é que eles têm direito de estarem furiosos. Mantive a calma e Jim me colocou em contato com um pajé da tribo *cree* que morava na Dakota do Sul. Reclamei da distância, e o pastor me disse para ficar calado e agradecer por não ter que ir até Montana ou Saskatchewan, lugares onde a maioria da tribo mora. O pajé se chamava Joey Tall Pine, um nome que deve ter roubado de algum turista, mas, depois dos últimos seis anos, eu sou a última pessoa a reclamar de alguém usando um nome falso. Voltamos a Blue Earth e fomos às corredeiras à noite (isso faz dois dias). Ele conversou com os *mannegishis* e fizeram um acordo. As criaturas parariam de atacar as crianças do acampamento, se o Joey refizesse alguns dos pictogramas em algum lugar e garantisse que não seriam destruídos. Jim falou: "Não tenho quase nenhum malandro aquático no riacho atrás da minha casa." Pronto — *mannegishis* no riacho de Jim, e Joey Tall Pine teve a chance de mostrar seu talento para pictogramas.

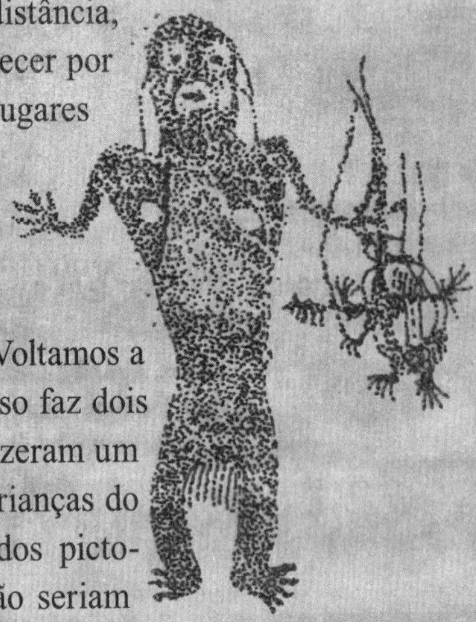

Uma parte de mim ainda quer matá-los, por causa do que houve ao Dean, mas, deixando a minha cabeça esfriar, percebo que a culpa é mesmo do acampamento. E que acampamento, não é? Destruindo pictogramas para poder ampliar seu território... Os meninos vão para outro lugar semana que vem, e ficaremos lá o máximo que pudermos.

Bom, já acabou. Estão soltando fogos, bebi umas cervejas e os meninos estão dormindo em uma barraca no jardim de Jim. Nesse momento, a batalha terá uma pausa. Mary, não consigo lutar a todo minuto.

18 de agosto:

Li sobre outros espíritos aquáticos:

VODYANOY. Espírito aquático russo do sexo masculino. Apontado por alguns como um metamorfo, mas aparece mais na forma de um velho com a pele escamada e uma barba verde emaranhada em muco e algas. Pode viver em turbilhões d'água. Em porções maiores de água, geralmente reside em destroços de navios naufragados, tendo como criadagem os fantasmas da tripulação que afundou com o navio. Afoga pessoas para transformá-las em escravos, mas protege os pescadores que o apaziguam, oferecendo-lhe o primeiro peixe da pescaria. Gosta de manteiga e tabaco.

Também gosta da Rusalka e costuma casar-se com uma ou tomar várias como servas/concubinas. Rusalkas são espíritos de mulheres que foram assassinadas ou cujo suicídio foi relacionado à água; às vezes crianças que foram afogadas pelas próprias mães. (Ver Mulher de Branco). Na forma adulta, cantam para atrair passantes e marinheiros, para depois afogá-los e transformá-los em seus espíritos-amantes. A sabedoria popular insinua que possuem características vampirescas. Algumas Rusalkas desaparecem, caso sua morte seja vingada. Também podem ser dissipadas, se ficarem fora d'água tempo suficiente para que seus cabelos sequem por completo. Quando na forma de crianças, podem ser dissipadas por batismo com água-benta.

Ouvi falar dos Vodyanoy por intermédio de caçadores do Alaska, mas nunca vi um.

O Nix germânico combina características tanto do Vodyanoy quanto da Rusalka. Quando assume a forma humana, geralmente é do sexo masculino, muito bonito e perigoso para moças solteiras e crianças não batizadas. Mais ativo nos solstícios de verão e de inverno (versões cristãs da lenda dizem que é na véspera do Natal). Toca música para atrair seus alvos. É também um mau presságio de afogamento — assim como a banshee *— e pode ser ouvido gritando de dentro d'água, sinalizando que alguém está para se afogar. Assim como o Vodyanoy, o Nix gosta de tabaco, além de vodca. Pode ser atraído para a superfície por sangue pingando na água, ou pelo sacrifício de um animal negro. Certa vez, em Pickney, Michigan, eu atraí um Nix usando um Black Shuck como sacrifício. Foi muito bonito de se ver: um cão do inferno se engalfinhando com um espírito aquático. O Shuck venceu e, como forma de agradecimento, eu o mandei de volta pro inferno.*

Algumas vezes o Nix aparece na forma de um cavalo chamado Bäckahästen (cavalo dos córregos), o qual, se montado por alguém, joga-se no primeiro corpo d'água que aparecer, afogando o montador. Há aqui uma coincidência com histórias celtas/escocesas sobre o kelpie *e o* each uisge. Kelpies *surgem nas névoas próximas a rios e afogam aqueles que os montam. É seguro usar o* each uisge *como montaria, contanto que ele não possa ver e nem cheirar água. No instante em que isso acontece, ele arrasta o cavaleiro para dentro d'água e o devora, deixando apenas o fígado.*

Esse último detalhe eu achava que era só história, até que me atraquei com um each uisge *na reserva de Quabbin, em Massachusetts. Pra completar, esse havia assumido forma humana de belo rapaz, sempre com o cabelo cheio de ervas daninhas. Tive muita sorte de sair vivo e com o meu fígado.*

Eu adorava nadar, mas essa foi mais uma coisa que o trabalho tirou de mim.

Espíritos aquáticos não precisam de muita água, inclusive. Vide as lendas britânicas de Jenny Greensteeth ou Peg-o'-the-Well.

A lenda egípcia conta que El Nadaha ("o ser que chama") atrai as crianças até canais para afogá-las.

Outros caçadores me falaram sobre um hipódromo, velho e assombrado, em Goshen, no estado de Nova York. Um cavalo e seu jóquei, que se afogaram na virada do século, voltam e cavalgam através do lago, às vezes perseguindo e ameaçando pessoas que estiverem por perto. Parece o Bäckahästen, não parece? Mas eu não vi em nenhum outro lugar que um humano pudesse se transformar assim.

2 de novembro:

A Mary está morta há seis anos. Escutei os meninos falando sobre ela, sobre sua morte. Sammy já tem idade para fazer perguntas mais complicadas, e acho que isso está fazendo Dean pensar sobre coisas que ele tinha colocado de lado até agora. Dean é um garoto durão, igual a mim. Ele também é igual a mim na maneira de guardar as coisas para si. Agora o irmãozinho está lhe fazendo perguntas, e ele precisa encontrar um jeito de protegê-lo, mesmo passando por tudo outra vez. O que eu posso fazer? Eles estavam conversando sozinhos. Se eu tentar invadir o papo, ficam quietos. Eles têm uma ligação infantil, o tipo que mantém os adultos afastados. Eles me diriam o que eu queria ouvir, mas a verdade é que não posso ver o que realmente sentem pela mãe, porque não posso deixá-los ver o que realmente sinto. Isso acaba comigo todo dia. Não há como dizer para eles. Temos que continuar e encontrar o que matou a mãe deles, a minha esposa, a Mary.

Pelo bem deles, vou tentar ficar em um só lugar por mais tempo. As viagens para caçar terão que ser em lugares que fiquem a poucas horas de distância, pelo menos até que eu tenha mais pistas sobre o que matou a Mary. E então a coisa muda de figura.

1990

	DIA	NOITE
1	Yain	Beron
2	Janor	Barol
3	Nasnia	Thami
4	Salla	Athar
5	Sadedali	Methon
6	Thamur	Rana
7	Ourer	Netos
8	Thamic	Tafrac
9	Neron	Sassur
10	Jayon	Agle
11	Abai	Calerva
12	Natalon	Salam

Primavera: Caracasa, Core, Amatiel, Commissoros
Verão: Gargatel, Tariel, Gaviel
Outono: Tarquam, Guabarel
Inverno: Amabeal, Cetarari

24 de janeiro:

O Dean faz 11 anos hoje. Ele pediu uma arma de presente, e eu comprei uma Seecamp LWS calibre 32 automática, a menor que eu pude encontrar. Nós mesmos fizemos balas de prata e as carregamos na pistola, alternando com munição de ponta côncava. A arma está no bolso dele neste exato momento.

2 de maio:

Sammy fez sete anos hoje. Acho que vamos ter que colocá-lo na primeira série este ano. Ele é um garotinho esperto, mas nos mudamos tanto que ele ficou para trás na escola. Além disso, não tenho ajudado muito com isso.

Preciso ler com mais frequência para ele — e que seja uma leitura algo diferente de manuais ou manchetes estranhas. Ele é bom em matemática e sabe um pouco de ciências (porque já viu experiências esquisitas no bar e na casa do pastor Jim), mas precisa da parte mais básica no colégio. Eu pediria ao Dean que ensinasse, mas não posso ficar exigindo tanto de uma criança. Ter a vida de Sammy nas mãos já basta para Dean; ele não pode ser responsável por dar aulas para o irmãozinho também. Meu Deus... Em momentos assim eu me lembro de como precisamos da Mary.

17 de maio:

Hoje completaríamos 12 anos de casamento.

3 de outubro:

Winstedt – livro Shaman, Saiva and Sufi:

Sir Frank Swettenham descreveu como uma sessão espírita o que foi feito por uma pajé real quando o soberano de Perak adoeceu, há cerca de 30 anos. A feiticeira, vestida de homem e com um véu no rosto, sentou-se na frente de uma vela bem fina, segurando um punhado de capim cortado de forma quadrada. Ela começou a tremer. A chama se acendeu, o que era sinal de que o espírito estava entrando na vela. A feiticeira, agora em transe, fez uma reverência à vela "e a todo homem da família real presente!" Depois de invocar muitos espíritos, o rajá enfermo foi trazido. Ele sentou-se em um banco de 16 lados (uma melhoria em relação ao pentáculo de Salomão), com uma mortalha cobrindo a cabeça e um punhado de capim cortado em quadrado na mão, para esperar o advento dos espíritos do estado. Depois de ser levado de volta à cama, Sua Alteza foi afligido com um mal causado por ter sido possuído por aqueles espíritos! Nessa sessão espírita real, a filha da feiticeira regeu uma orquestra de "cinco ou seis meninas segurando tambores nativos, instrumentos com um tipo de pele esticada sobre somente um dos lados", que elas tocavam com os dedos.

Há também o relato de outra sessão espírita em Selangor, onde, para curar uma doença, o feiticeiro ficava possuído pelo espírito-tigre. Dizem que faziam a cerimônia geralmente em três noites e que o mesmo número (ímpar) de pessoas teria que estar presente todas as vezes. Para receber o espírito, faziam buquês de flores, pombos e centopeias, usando folhas de palmeira. Depois da invocação, o feiticeiro banhava-se em incenso, ficava possuído, sentava-se com uma mortalha na cabeça, acendia velas nas bordas de três jarros de água e esfregava um bezoar no paciente. E, então, de casaco e pano de cabeça brancos, ele fumigava uma adaga, colocava moedas de prata nos três jarros e via as suas posições sob as três velas, declarando que isso indicava a gravidade da doença. Depois, o feiticeiro espalhava punhados de arroz encantado em volta dos jarros e colocava buquês improvisados de areca-bambu nos receptáculos, para então enfiar a adaga em cada buquê a fim de destruir espíritos malignos que estiverem por perto. Ele besuntava outra flor de palma e a passava no corpo inteiro do paciente, da cabeça ao calcanhar. Em seguida, ele era possuído pelo espírito-tigre e arranhava, rugia e lambia o corpo nu do paciente. O feiticeiro tirava sangue do próprio braço com a ponta da adaga e lutava contra um espírito invisível. Ele novamente passava a flor de palma no paciente e depois o esfregava com as mãos. Mais uma vez, atacava os buquês e passava as mãos no paciente. Após ficar deitado durante um tempo, recobrava a consciência.

2 de novembro:

A Mary está morta há sete anos.

Psicopompo. Termo usado para definir um deus ou uma entidade que guia as almas para o mundo dos mortos. Na Grécia, Hermes. Na mitologia nórdica, as Valquírias. No Egito, Anúbis. Segundo as raízes africanas da tradição vodu, seu nome era Guédé. Na Irlanda, Ankou. Na maioria das tradições xamanistas, o xamã atua como uma espécie de psicopompo, tanto no início da vida quanto no final. Ele ou ela está sempre presente nos partos, para apressar a cria a entrar no mundo; e na morte, para acompanhar a alma em sua viagem. As lendas medievais sobre a Morte que carregava uma foice talvez estejam conectadas à prática existente em alguns países europeus de cortar ou enterrar o morto usando uma foice. Os verdadeiros ceifadores são entidades puramente psíquicas, capazes de controlar o tempo e a percepção. Eles podem afetar a maneira como um humano vê as coisas ao seu redor e até mesmo mudar a sua aparência, em geral para facilitar a passagem da vida para a morte. É difícil dizer com certeza em que forma o ceifador aparece, mas a maioria dos relatos sugere que as pessoas

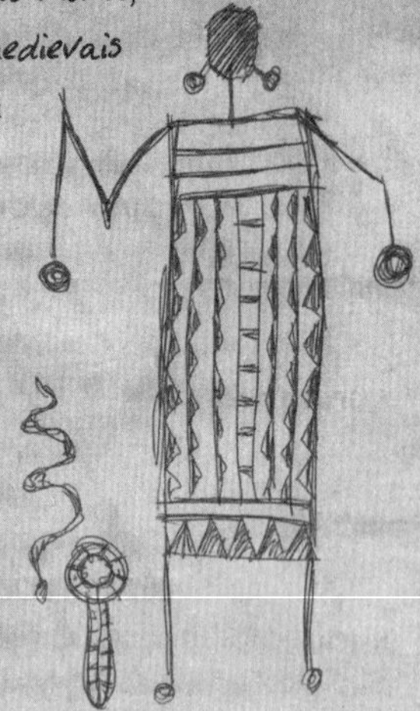

normais e vivas costumam vê-lo como uma figura espectral, vestindo lençóis esfrangalhados ou uma mortalha.

Cães negros podem ser psicopompos também. São enterrados na fundação das igrejas para proteger os portões do pós-vida.

25 de dezembro:

Enfrentei um monstro e tanto hoje. Mandei-o de volta ao lugar de onde veio na base dos pontapés. Mas, enquanto eu olhava para aquela boca fedorenta, fiquei pensando mais uma vez: "Quando a minha hora vai chegar? E, se algo acontecer comigo, quem vai cuidar dos meninos?" Dean tenta dar uma de adulto, mas ele não tem nem 12 anos. Sam só tem sete.

É muito difícil fazer tudo isso sem você, Mary... Mary...

Mary...

Concentração! A besta de *Bray Road*. É outra variante do Black Shuck e do cão do inferno. De onde vêm tantos cães negros? O Agrippa tinha um cão negro, que ele dizia ser seu espírito familiar. Em seu leito de morte, o alemão deixou o cão partir e o animal nunca mais foi visto. Mas dá para acreditar em alguma coisa que dizem sobre o Agrippa? Até o Churchill disse que sua depressão era seu cão negro. O que realmente o afligia? Talvez precisasse de um caçador por perto.

Que Natal...

1991

DIDA'LATLI''TÏ (Para Destruir Uma Vida)

Sgë! Nâ'gwa tsûdantâ'gï tegû'nyatawâ'ilateli'ga. Iyustï (O O) tsilastû''lï Iyu'stï (O O) ditsadâ'ita. Tsûwatsi'la elawi'nï tsidâ'hïstani'ga. Tsûdantâgï elawi'nï tsidâ'hïstani'ga. Nû'nya gû'nnage gûnyu'tlûntani'ga. Ä'nûwa'gï gû'nnage' gûnyû'tlûntani'ga. Sûn'talu'ga gû'nnage degû'nyanu'galû'ntani'ga, tsû'nanugâ'istï nige'sûnna. Usûhi'yï nûnnnâ'hï wite'tsatanû'nûnsï gûne'sâ gû'nnage asahalagï'. Tsûtû'neli'ga. Elawâ'tï asa'halagï'a'dûnni'ga. Usïnuli'yu Usûhi'yï gûltsâ'të digû'nnagesta'yï, elawâ'tï gû'nnage tidâ'hïstï wa'yanu'galûntsi'ga. Gûne'sa gû'nage sûntalu'ga gû'nnage gayu'tlûntani'ga. Tsûdantâ'gï ûska'lûntsi'ga. Sa'ka'nï adûnni'ga. Usû'hita atanis'se'tï, ayâ'lâtsi'sestï tsûdantâ'gï, tsû'nanugâ'istï nige'sûnna. Sgë!

Mooney, livro Sacred formulas of the cherokee*:*

Quando o pajé quer destruir a vida de alguém, seja por vontade própria ou porque o contrataram para isso, ele se esconde perto do caminho que a vítima provavelmente fará. Quando o tal homem aparece, o pajé espera até que ele tenha passado e depois o segue, secretamente, até que a vítima cuspa no chão. O pajé encosta nesse ponto com um cajado. A posse da saliva de um homem lhe dá poder sobre sua vida. Os médicos dizem que muitos males são causados devido ao fato de o inimigo estar empossado da saliva do paciente, criando vermes e calos no corpo do doente. Nos encantamentos amorosos, o homem usa a saliva da mulher amada para fazer com que se apaixone. A mesma ideia acerca da saliva encontra-se na medicina folclórica europeia.

O pajé então mistura em um recipiente argila úmida, a saliva e um pouco de Kanesâ'la, uma planta venenosa muito importante para as cerimônias de conjuro de vida. Também adiciona sete minhocas, batidas até se tornarem uma pasta, e farpas de uma árvore atingida por um raio. Não se sabe ao certo o motivo das minhocas, mas, em geral, espera-se que elas devorem a alma da vítima, pois minhocas alimentam-se de cadáveres, ou talvez, pelo hábito de cavar, minhocas serviriam para fazer uma tumba para a alma, no lugar onde o pajé escolher. Em outras cerimônias similares, usam-se vespas ou formigas-lava-pés, no lugar das minhocas, para matar a alma, pois matam insetos mais poderosos com seu veneno. A madeira da árvore acertada por um raio serve tanto para o bem quanto para o mal e é usada em vários tipos de fórmulas.

Com a mistura pronta, o pajé vai à floresta, atrás da árvore que foi acertada por um raio. Em sua base, cava-se um buraco e coloca uma rocha amarela no fundo. Em seguida, coloca o recipiente com a mistura, mais sete pedras amarelas e depois enche-se o buraco de terra. Finalmente, uma fogueira é acesa sobre o ponto escolhido para destruir quaisquer evidências do ritual. As pedras amarelas tomam o lugar das pretas, que não são fáceis de achar. A fórmula menciona "pedras pretas", pois preto é a cor da morte, mas amarelo representa os problemas. O pajé e quem o contratou jejuam até que a cerimônia chegue ao fim.

Se tudo der certo, a vítima fica azul, isto é, sente os efeitos imediatamente, e, se não procurar um pajé ainda mais poderoso a tempo, sua alma começa a murchar e encolher. Dentro de sete dias, a vítima morre.

3 de janeiro:

Ontem aconteceu algo inédito: acabei com um ninho de súcubos — bom, todos com quem conversei se referiam a elas por esse nome. Demônios vorazes e predadores sexuais, podem mudar de aparência e, a uma certa altura, todas assumiram a forma de Mary. Fraquejei, foi como vê-la novamente em carne e osso e, por um momento, acreditei naquilo. Elas me enganaram, mas, quando coloquei a cabeça no lugar, matei-as, todas elas. Eu tinha planejado ficar aqui por um tempo, mas acho que precisaremos partir. Vou para a região oeste, tentar ficar perto de Daniel no Novo México. Estou aprendendo muito com ele, apesar de ainda não ter visto nenhum vampiro.

Os súcubos existem em várias mitologias do mundo. Segundo a versão judaico-cristã, são demônios fêmeas que colhem sêmen para que íncubos (demônios machos) engravidem mulheres. Os filhos, então, seriam mais facilmente possuídos por demônios ou se tornariam bruxas. Doenças congênitas também seriam causadas por íncubos. Uma tradição europeia paralela trata da *nightmare*, uma criatura que se apossa de uma pessoa adormecida, sufocando-a e causando-lhe sonhos eróticos. Os quatro súcubos mencionados no Zohar são Naamah, Lilith, Eisheth Zenunim e Agrat Bat Mahlat. Naamah é considerada a mãe da adivinhação e, em algumas tradições, a padroeira da música.

Em algumas correntes do folclore popular hebreu, súcubo e o íncubo são até mesmo chamados de Lilin e Lilith. Diz-se que eles são filhos de Lilith e que morrem a uma razão de cem por dia, como castigo por ela não ter voltado para Adão. Podem se alimentar de bebês — meninos nos oito dias entre o nascimento e a circuncisão e meninas até 20 dias após o nascimento — mas também atacam mulheres, causando infertilidade, complicações no parto e até mesmo abortos. Os homens vitimados pela Lilith são molestados durante a noite e têm o seu esperma utilizado na produção de crianças demoníacas.

Diz-se que um amuleto gravado com as iniciais dos três Reis Magos — Gaspar, Belchior e Baltazar — protege as crianças do Lilin e da Lilith.

Esse demônio também está representado em outras mitologias. Na grega, por Empusa, espectro que atacava viajantes, além de roubar sua força vital através do sexo. Na Turquia seu nome é Al Basti, que também sequestrava cavalos. Lutero chamava Melusina de súcubo, mas ela não possuía certas características; Melusina estava mais para uma Donzela-cisne/selkie/kitsune.

Os súcubos que matei disseram algo sobre terem planos contra os Winchester. Pelo visto vão ter que cancelá-los.

24 de janeiro:

Dean faz 12 anos hoje. As férias dele já vão acabar, mas vamos para outra cidade. Na semana que vem, os Winchester serão habitantes de Albuquerque, no Novo México. Dean vai ser um aluno normal da sexta série por pelo menos alguns meses. Ele chegou a falar que iria jogar beisebol esta primavera, mas não sei se falou sério. Ele está começando a ficar igual a mim: fala coisas cotidianas, quando tentamos nos firmar em algum lugar, mas só tem a caça em mente, quando estamos viajando na estrada.

17 de março:

Semana passada, Sammy fez papel de raio de Sol numa peça na escola, e eu matei um demônio que se apossou do corpo de uma idosa. Fiquei com a impressão de que o demônio sabia algo sobre os súcubos. Estamos sendo seguidos. Será mesmo? Ou eu estou ficando paranoico? Tenho todos os motivos para ficar, mas não posso. Os meninos estão bem. Sammy é um garoto inteligente e está empolgado para fazer um projeto para a Feira de Ciências, mês que vem. Ele gosta muito da Sra. Lyle, sua professora. Hoje o dia estava agradável, então os meninos jogaram um pouco de futebol. O clima é uma das vantagens de morar em Albuquerque e eu consegui um emprego nas construções. Faz bem voltar a bater ponto, uma parte de mim precisa dessa regularidade. Pensei em voltar a trabalhar com carros, mas não me parecia certo. Muitas coisas morreram em Lawrence e esse sonho foi uma delas.

1º de abril:

Na segunda-feira, pedi demissão do emprego e meu filho menor quase foi sequestrado por um demônio. Sammy foi selecionado para a Feira de Ciências do Novo México, e a professora dele, a Sra. Lyle, disse que o levaria. Só que ela o estava levando a outro lugar. Não sei aonde iam, mas eu os alcancei em uma encruzilhada. Ela teria me matado e levado Sammy, se não fosse o Dean. Não sei dizer o quanto estou orgulhoso dele. Mesmo com o irmão enfeitiçado e um monstro gigante feito de pedaços de trem atrás de mim, ele conseguiu encontrar meu diário e ler o ritual de exorcismo. Quase perdi meus dois filhos hoje. A Sra. Lyle (ou o monstro que se chamava Sra. Lyle) queria o Sammy para alguma coisa. Isso me lembrou das histórias sobre os súcubos/lâmias sequestrando ou matando crianças. Se eu pensei nisso, preciso levar o raciocínio até o final: os mitos também falam que os súcubos vêm pegar os filhos cujos pais são íncubos, o que é ridículo.

Ainda não sei o que a Sra. Lyle queria, ela só disse que o Sam era especial.

Estamos viajando novamente. Como vou explicar para Sammy que ele não vai voltar à escola? E como vou dizer o que houve com a Sra. Lyle?

Além de tudo, precisei dar uma bronca no Sammy para ele não falar com estranhos. Enquanto eu falava no telefone com o Bobby, ele saiu de perto e foi falar com um cara num Cadillac Seville preto. Tive que dar uma dura nele — e no Dean também, que o deixou ir. A função dele é cuidar do Sammy. Sammy só me contou que o cara queria saber aonde estávamos indo.

7 de abril:

Fui a Sioux Falls encontrar com o Bobby. Trouxe os meninos, porque não é seguro ficar em Albuquerque. Bobby e eu conversamos sobre o que houve com a Sra. Lyle e com os outros. Ele acha que sou um tolo por não querer acreditar que demônios existem e diz isso com todas as letras. Ele deve estar certo, tudo indicava que a Sra. Lyle era um demônio. O problema é que, se eu acreditar neles, preciso acreditar no inferno também. E, se eu acreditar no inferno, tenho que acreditar em Satanás, então preciso crer em Deus também, não é? Não posso acreditar em uma coisa, senão tenho que acreditar em tudo. Bobby disse que nunca encontrou um demônio que tenha visto o Diabo. Aparentemente, a maioria nem acredita que ele exista. Segundo Bobby, os demônios são como nós, no que diz respeito à crença. Não os vejo dessa maneira. Se demônios existem, eles não têm nada a ver conosco.

Mas acho que existem e também que a Sra. Lyle era um deles. Fui para a cama com ela... aquela coisa... e era um demônio. Deixei-o separar-me da missão. Deixei-me enganar, deixei-me convencer que tudo poderia ser normal novamente, mas era só uma estratégia dela. Ela queria algo meu e acho que sabia como conseguir.

Ela quase conseguiu, tenho estado solitário desde que a Mary... Eu queria ser tocado. Eu queria contato. Olhando para trás, isso me enoja.

Tenho lido sobre encruzilhadas nos livros de Bobby. Há uma tradição folclórico-mágica quase universal de que encruzilhadas são portais entre mundos. Robert Johnson: "Fui a uma encruzilhada/tentando pegar uma carona." Depois ele escreveu uma música chamada "Hellhound on my trail" ("Cão do inferno atrás de mim"). Será que ele sabia de alguma coisa? Dizem que teria vendido sua alma para o Diabo, mas dizem isso de músicos desde a era medieval. Li também que as encruzilhadas também serviam para enterrar criminosos e suicidas. Será que eram um sacrifício para os espíritos que usavam aqueles portais?

Papa Legba, segundo as tradições vodu, é o Loa das encruzilhadas. Você vai até ele, se quiser falar com os Iwa, os deuses das tradições iorubás. Ele é o guardião do portal, talvez também um psicopompo — como Exu (também chamado de Ellegua nos mitos iorubás/lukumis). Exu é o padroeiro dos viajantes, deus das encruzilhadas. Ele também é um malandro, podendo ser cruel. Exu e Papa Legba precisam ser os primeiros espíritos invocados para que qualquer rito de magia ou adivinhação dê certo. Eis o símbolo dele, chamado de veve:

O veve precisa ser desenhado no chão, usando algum tipo de pó. Pode ser qualquer tipo, farinha ou pólvora, dependendo da cerimônia. Segundo tradições de *hoodoo*, fazer certas ações em encruzilhadas resulta em dons da música, amor, poder ou dinheiro.

18 de abril:

Ontem fui ao encontro de Silas. É um velho amigo de Bobby, um tipo de vidente que vende pneus. Ao chegar à casa, sua filha me disse que ele estava em coma... desde o dia 2 de novembro do ano passado, quando a morte da Mary completou sete anos. Quando fui vê-lo no hospital, ele saiu do coma repentinamente, o tempo suficiente para me dizer duas coisas que eu não queria ouvir.

Primeira: Ele acha que o Sammy é especial.

Segunda: Dean e eu precisamos estar prontos "para o que está vindo".

Depois, apagou novamente. O que diabos significa tudo isso? Por que Sammy? O que ele tem a ver? O que está vindo? Silas não pôde (ou não quis) dizer mais nada. Disse que eu o havia tirado do coma, mas logo depois voltou ao estado anterior.

Amanhã vou deixar Sammy com Bobby e levar Dean para caçar veados. Não estamos na temporada, mas há muitos veados nas Dakotas, e Dean precisa praticar. Também preciso pensar sobre Sammy. Por que a Sra. Lyle estava tão interessada nele?

Mais vodu. Houngan (homem) e Mambo (mulher) são sacerdotes e você precisa de um deles para falar com os Loas, também chamados de Orixás (Loas também são chamados de Iwa — as terminologias da África e do

Novo Mundo se misturam). Os Orixás são seres que manifestam aspectos do mundo natural e aspectos de um deus sem nome, então eles têm lados do mundo físico e do espiritual. O Bokor é um mago-sacerdote que pode fazer magias de adivinhação, sessões espíritas e magia negra: feitiços, encantamentos etc. Geralmente não trabalham de graça. Bobby disse que era possível alguém ser Houngan e Bokor ao mesmo tempo. O Bokor é responsável por fazer zumbis.

Ogum é o Loa (ou Iwa? Orixá?) do ferro, do ferreiro, da caçada, do fogo etc. Ele é um guerreiro. O veve dele é:

Tenho escutado muitas histórias sobre um revólver mágico. Dizem que Samuel Colt, em um Halloween, teria feito um revólver e 13 balas que poderiam matar qualquer coisa. Será que essa arma existe ou é só uma lenda de caçadores? Se existir, onde será que está? Ogum saberia. Amanhã, depois que Dean e eu caçarmos, talvez seja a hora de perguntar a esse Loa. Devo ir a Nova Orleans? Talvez haja algum Bokor lá que faria um favor a um caçador.

Outros veves:

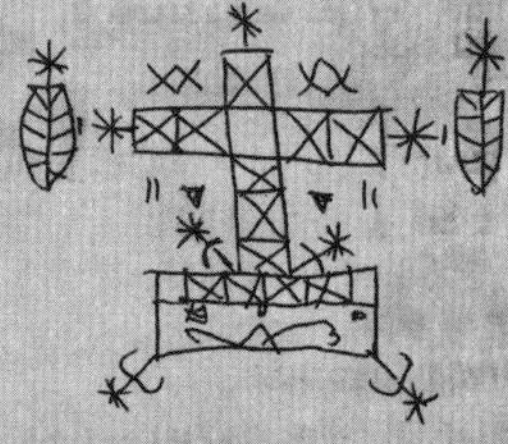

Baron Samedi, Loa dos mortos, fica nas encruzilhadas. É também o Loa do sexo, conhecido por seu apetite. Ele é Eros e Tânato misturados, vestindo terno e cartola. Se quiser falar com ele, é bom trazer muito álcool e tabaco.

Maman Brigitte, esposa de Baron Samedi, é tão vulgar quanto o marido e adora beber pimentas quentes. Ela protege sepulturas, se elas foram consagradas a ela. Maman Brigitte e o Baron Samedi têm parentesco com Ghede, uma família de espíritos associada a cemitérios, funerais, morte etc. Culturas diferentes têm explicações diversas para essa relação. Ou Samedi é um Ghede, ou os criou, ou é através dele que falam.

Preciso dormir. Vou acordar cedo amanhã.

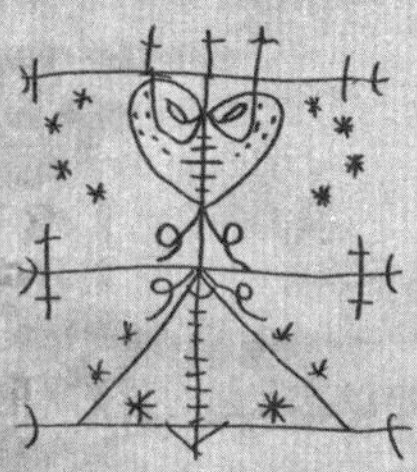

19 de abril:

Quase aconteceu um desastre na caçada com Dean. Ele errou o tiro. Mandei-o ir atrás do animal, um belo veado com chifres de 12 pontas, mas ele tropeçou na trilha e deixou a arma cair. Aí, de repente veio Sammy, pegou a arma e matou o veado. Um garoto de sete anos... bom, quase oito.

Depois, ele me disse que achava que o animal tinha tirado a arma do Dean e que ele tinha que proteger o irmão.

Momentos como esses partem o meu coração. Eu lhes ensinei essas coisas, de que tudo tem de ser visto como uma ameaça. Agora Sammy vê um veado e acha que ele quer ferir o irmão.

Meu Deus...

Depois disso, as coisas só pioraram. Sammy me contou que tinha acordado e queria vir atrás da gente. Ele encontrou o homem do Cadillac Seville preto e o trouxe até a trilha. Eu não consigo entender. Eu deveria puni-lo, mas quem deveria ser punido era eu mesmo, na verdade.

Quando voltamos, Bobby me disse para ir ver Silas novamente. Eu não queria, mas, quando chegamos à casa, ele me recebeu desperto, como se nunca tivesse ficado doente na vida. Não sei como explicar. Silas disse novamente que o Sammy era especial e queria conversar com ele durante um tempo para entender o que estava acontecendo. Dean e eu ficamos fora durante uma hora e, quando voltamos, vi o Cadillac Seville.

Ao chegarmos à casa do Silas, lá estava o Sammy, sentado na varanda. Ele falou que conversou com o Silas durante um tempo. Deixei Dean com o irmão para eles baterem um papo e entrei. Lá dentro... Eu nunca tinha visto nada daquele jeito. Se vi, foi no Vietnã, depois de um ataque de artilharia.

Silas foi despedaçado e pedaços de seu corpo estavam grudados nas paredes e no chão. Nos armários da cozinha estava escrito MATE-O, em sangue.

Agora eu também preciso encontrar o filho da mãe que matou Silas.

20 de abril:

Estivemos fugindo, mais rápido do que nunca. O motorista do Cadillac Seville chamava-se Anderson, era um caçador também e estava perseguindo... o Sam. Ele disse que meu filho havia matado Silas, mas isso é impossível. Nenhum menininho poderia ter feito o que eu vi naquela casa. Mas Anderson não me escutava e, nas últimas 24 horas, cometi sequestro, roubo de veículos (bom, foi um caminhão) e assassinato. Já matei cinco caçadores, contando H — e, por acaso alguém sabe o que ele realmente era? Também não acho que o Anderson era o que dizia ser. Ele teve duas chances de matar Sammy, mas não lhe dei uma terceira. Não dei nenhuma chance aos três irmãos Dowry.

Foi Dean quem matou Anderson. Meu filho mais velho está com sangue nas mãos. Eu só escrevo sobre morte, porque é tudo o que vejo, mas sabe de uma coisa? Eu sou a causa de tudo. Isso precisa acabar, mas só depois de eu vingar a Mary.

2 de maio:

Hoje, Sammy completa oito anos. Feliz aniversário, filhão. Independentemente do que demônios, videntes e albinos lunáticos digam, você é especial para mim porque é meu filho. E nunca vou deixar nada acontecer a você.

A Sra. Lyle estava atrás de Sammy porque ele tem algo que ela queria. Ela disse que ele era especial. Silas também. O que há de diferente nele? Meu filho é só um menino. Comecei a ler sobre demonologia por causa de Bobby. Ainda não consigo acreditar com facilidade. Mesmo assim, estou com alguns livros que ele diz ser importantes.

A nova e completa enciclopédia
das ciências ocultas (CO)

Escrita por Ebenezer Sibly. É o quarto volume de uma série iniciada em 1784 e quase que inteiramente dedicada à astrologia. Ebenezer é discípulo de Swedenborg e Mesmer. Baseia-se livremente nos livros: A descoberta da bruxaria, de Reginald Scot, e De oculta philosophia, de Agrippa.

Pseudomonarchia Daemonum (PD)

Escrito por Johann Weyer, em 1563, com base em um livro chamado por ele de LIBER OFFICIORUM SPIRITUUM, SEU LIBER DICTUS EMPTO. SALOMONIS, DE PRINCIPIBUS ET REGIBUS DAEMONIORUM. (Observe a referência a Salomão no subtítulo: Observações de Salomão sobre conjuração.) Weyer é estudioso de Agrippa. A PSEUDOMONARCHIA tem muito em comum com o primeiro livro de Lemegeton, chamado GOETIA. É um longo catálogo de demônios, que inclui as variações em seus nomes, detalhes sobre a sua aparência e breves instruções sobre conjuração e abjuração. Foi traduzido para o inglês antes de 1584, por Reginald Scot, como parte de seu livro A DESCOBERTA DA BRUXARIA. É cheio de observações estranhas sobre quantas legiões cada demônio controla etc. Grande parte não é aproveitável, mas as características individuais de cada demônio ajudam a iluminar as pesquisas.

A GOETIA tem melhores diagramas e é mais interessante no que diz respeito a conjurações.

O testamento de salomão (TS)

Provavelmente escrito entre os séculos I e IV d.C. Narrado na voz do próprio Salomão, fala da construção do Templo e da submissão de inúmeros demônios para uso no trabalho pesado. Muitos destes não são citados em outras fontes. A história também fala sobre como Salomão se apaixonou por uma mulher jebuseana (de Shunammite?) e desejou casar-se com ela, mas foi advertido pelos padres de Moloch, que disseram que ele só a possuiria se sacrificasse cinco gafanhotos para o deus Moloch. Em um momento de fraqueza, ele o fez, afastando-se de Deus e se transformando em "motivo de piada entre ídolos e demônios."

É um dos muitos textos que caracterizam Salomão como um arquimago. A Rainha de Sabá é caracterizada como uma bruxa, ao contrário de sua descrição no Antigo Testamento. Também é interessante que o Alcorão faça menção ao fato de que Salomão construiu o Templo com a ajuda de demônios subjugados: ver suras 21, 34 e 38.

A entrada sobre Gaap na PD diz que Salomão escreveu um livro de conjurações e "misturou nele todos os nomes sagrados de Deus."

17 de maio:

Hoje completaríamos 13 anos de casamento.

2 de novembro:

A Mary está morta há oito anos. Tenho aprendido sobre ceifadores. Há mais de um, e não aparenta sempre ser um esqueleto de capuz com uma foice nas mãos, mas é com ele que vou começar. O ceifador tradicional é um esqueleto, ou homem de aparência séria, carregando uma foice, que corta a vida das pessoas como se ele estivesse ceifando cereais. A personificação da morte é uma figura ou personagem fictício que existe na mitologia e cultura popular desde os primórdios. Como a realidade da morte tem uma grande influência na psique humana e no desenvolvimento da civilização como um todo, a Morte (personificação) como uma entidade viva e consciente é um conceito que existe em todas as sociedades conhecidas desde o início da História. Nos Estados Unidos, a Morte é comumente uma figura esquelética que veste uma roupa preta com capuz parecida com uma beca, enquanto que, na Europa, a figura é a mesma, mas a cor da vestimenta muda para branco, a cor tradicional usada em funerais em muitos lugares.

Exemplos da morte personificada:

- No folclore europeu moderno, a Morte é conhecida como "Grim Reaper" (o Ceifador) ou "Grim Spectre of Death" (Espectro da Morte).
- No islã, ela é Azrael, o anjo da morte (observação: o nome "Azrael" não aparece nem na Bíblia nem no Corão).
- O Pai Tempo também é considerado a Morte.

- O psicopompo é um espírito, divindade ou ser cuja tarefa é levar as almas das pessoas que morreram recentemente ao pós-vida.

Nos mitos ugaríticos, Mot, a Morte, (grafada "mt"), é o deus da morte. A palavra é cognata com várias formas que possuem o mesmo significado em outras línguas semíticas: "mot" ou "mavet", em hebraico; "mut", em cananeu, aramaico egípcio, nabateu e palmireno; "mut", em judaico-aramaico, aramaico cristão-palestino e samaritano; "maat", em sírio; "muta", em mandeu; "m'tu", em acádio; "maut", em árabe; "mot" em ge'ez. Embora as línguas semíticas não tenham muitos laços com as indo-europeias, as palavras para "morte" em sânscrito ("mrit") e em latim ("mortus") são parecidas.

Mot (Morte), filho de 'El, segundo instruções dadas pelo deus Hadad (Ba'al) a seus mensageiros, mora em hmry (Mirey), seu trono é um abismo e sua terra, imundície. Mas Ba'al avisa:

não se aproximem da divina Morte,
senão se tornará mais um cordeiro em sua boca,
(e) ambos serão carregados com facilidade por sua traqueia.

Hadad quer que Mot vá ao banquete dele e o aceite como soberano. A Morte manda uma mensagem, dizendo que seu apetite é igual ao dos leões na selva, como a saudade dos golfinhos no mar, e ameaça devorar o próprio Ba'al. Em outra passagem, a Morte torna realidade a ameaça, ou pelo menos acredita ter matado Ba'al. Há várias imprecisões no texto, então esse trecho fica obscuro. Em seguida, a irmã de Ba'al/Hadad, a deusa guerreira 'Anat, vai até Mot, o domina, o corta com uma espada, o aciranda em um crivo, o queima em uma fogueira, o tritura em uma pedra circular e joga os restos no campo, para os pássaros devorarem.

No entanto, depois de sete anos, a Morte volta, querendo vingança de tudo que 'Anat fez e exige alimentar-se de um dos irmãos de Ba'al. Há um salto no texto e a passagem seguinte consiste em Mot reclamando que Ba'al lhe deu um de seus próprios irmãos, filhos da mãe dele, para comer. Os dois travam um combate até que Shapsh (Sol) adverte Mot, avisando que 'El, seu próprio pai, irá tirá-lo do trono, se ele continuar. Mot cede ao aviso e o conflito acaba. Para Sanchuniathon, a Morte é filho de 'El, sendo um deus, conforme diz o texto na passagem sobre 'El/Cronus:

> *... e pouco tempo depois ele consagrou outro filho seu, chamado Muth, que teve com Réa; ele (Muth) era considerado como Tânato ("Morte") e Plutão pelos fenícios.*

Porém, em uma passagem anterior de um mito filosófico sobre a criação, Sanchuniathon fala do grande vento que se uniu aos pais, cuja conexão se chamava Eros (desejo):

> *Dessa união, saiu Mot, que alguns dizem ser lama, e outros um composto de água putrefato; e, a partir dele, vieram todos os germes da criação e a geração do universo. E então havia certos animais sem sensações, e a partir deles vieram animais inteligentes chamados de "Zophasemin", isto é, "observadores do Céu", e eles tinham a forma de um ovo. Mot também se transformou em luz, sol, lua, estrelas e as grandes constelações.*

A linguagem nessa parte é confusa, ruim ou incompleta, porque a forma "Mot" não é o mesmo que "Muth", que aparece posteriormente. Mas uma possibilidade é que o texto completo esclareceria que a lamacenta e podre Morte é a fonte da vida.

Putting God on Trial – The Biblical Book of Job: A Biblical Reworking of the Combat Motif Between Mot and Ba'al.

25 de dezembro:

Às vezes tenho a impressão de que Sammy tem lido este diário.

Mas ele não lerá hoje, porque, em plena noite de Natal, há 320 quilômetros de pradarias e desertos entre mim e meus filhos. Não há árvore de Natal nem cenouras nem leite para o Papai Noel e suas renas. Alguns dias atrás, eu lhes dei presentes, e eles me deram óculos de visão noturna, que Dean deve ter roubado de uma exposição de armas pela qual passamos há alguns meses, em Amarillo. Eles estão crescendo sem mim e estão começando a se rebelar por ficarmos separados tantas vezes. Sam fica ressentido e não consegue se controlar. Dean tenta consertar tudo e nos manter unidos, como uma equipe. Eles não deveriam ter que fazer nada disso.

Depois de como foi o ano... com os súcubos e a Sra. Lyle (Lilith?), Silas... Este ano foi duro. Eles vieram atrás dos meus filhos. Conseguimos escapar, mas eles continuarão atrás de nós. Esse inimigo só vai parar depois que os meninos estiverem mortos, e não sei nem quem é que manda neles. Como enfrentá-los?

Eu sempre evito me perguntar, mas será que seria melhor se os meninos estivessem em outro lugar, com outra pessoa, tendo vidas normais?

Não, eu sou o pai deles. Eles têm que ficar comigo.

Feliz Natal, pessoal.

1992

24 de janeiro:

Dean faz 13 anos hoje. Para comemorar o aniversário, fomos jantar numa lanchonete horrível chamada Mama Janer's, em Flint, no estado de Michigan. O tempo está péssimo, muito frio, mas nós vamos seguir ao norte para comprovar histórias que tenho ouvido sobre metamorfos em North Woods, desde Michigan até Minnesota. É estranho eles estarem ativos nesta época, porque não há muitas pessoas fora de suas casas. Acho que alguma coisa grande está acontecendo.

Nos arredores de uma vila chamada L'Anse, na beira de uma estrada tomada por índios que trabalham numa serralheria não muito distante dali, escutei a seguinte história:

> *Esse foi o caso de uma mulher branca que tinha um índio trabalhando para si — um desajeitado e preguiçoso sioux. Ela o odiava tanto que, se ele estivesse à mesa, recusava-se a sentar. No entanto, ele vivia alardeando pelas docas que um dia ela seria dele. Tudo que preciso fazer, ele dizia, é ir à floresta e encontrar a raiz certa, aí vocês verão. Essa Jannie vai ser minha. Bem, todos os seus parceiros nas docas faziam pouco caso dele. Porém, pouco tempo depois, ele começou a deixar pequenos bombons sobre a mesa, e Jennie os comia quando ele não estava por perto, para que ele não soubesse. E não é que, de uma hora pra outra — apenas alguns meses depois —, ela se casou com ele? E aí, quando ela já estava sob seu poder, ele a tratou muito mal e quase a matou de fome. Ele também operou sua magia em um parente da moça, mas aí foi demais. Eles deram um fim no cara. E nós nunca mais o vimos por essas bandas.*

30 de março:

Achei que tivesse aprendido a lição no Wisconsin, mas a mesma coisa quase se repetiu. Deixei os meninos próximos à praia no Two Lakes State Park e fui atrás de um xamã. Foi a mesma coisa daquela vez com o Ichi em 1983, só que, desta vez, o xamã tomou a forma de um guarda-florestal que havia matado. Como os meninos confiaram no guarda, quase que o xamã os sequestrou. Ainda não posso confiar neles completamente, quando saio para caçar. Matei o monstro e briguei com os dois, especialmente com Dean. Eu tenho que ser duro com ele, porque um dia não estarei por perto, e ele terá que proteger o irmão. Ele é um garoto durão. Achei que eu fosse durão aos 13 anos, mas Dean me daria uma baita de uma surra.

27 de abril:

Procópio de Cesareia, História Secreta, sobre o imperador Justiniano I:

E alguns dos homens que estiveram com Justiniano no palácio à noite, homens de espírito puro, acharam ter visto uma estranha forma demoníaca tomar o lugar dele. Um dos homens disse que o imperador levantou-se de repente do trono e andou um pouco, porque não conseguia permanecer sentado durante muito tempo. Logo depois, a cabeça de Justiniano sumiu, enquanto o resto do corpo parecia piscar. O homem ficou horrorizado e temeroso, imaginando que seus olhos o estavam enganando. Em seguida, a cabeça voltou a aparecer, juntando-se ao resto do corpo da mesma forma estranha que o tinha deixado antes.

Outro homem disse que ficou ao lado do imperador enquanto ele estava sentado quando, de repente, o rosto de Justiniano havia-se tornado uma massa de carne disforme, sem sobrancelhas nem olhos no lugar certo e sem nenhum outro traço. Depois de um tempo, sua aparência voltou ao normal. Escrevo sobre esses acontecimentos não como testemunha, mas a partir de testemunhos de homens que tinham certeza absoluta de que presenciaram esses estranhos eventos.

Eles contaram também que certo monge, muito querido por Deus, a pedido dos que moravam com ele, foi a Constantinopla implorar perdão para seus vizinhos, que haviam sido ultrajados além do limite. Quando ele chegou lá, imediatamente conseguiu uma audiência com o imperador. Mas, no momento em que aden-

traria a câmara de Justiniano, ele parou, quando os pés estavam na soleira, e repentinamente retrocedeu. O eunuco que o acompanhava e outras pessoas que estavam presentes insistiram que ele seguisse em frente. O monge não falou nada e, como um homem que sofrera um derrame, voltou para casa. Alguns foram atrás dele para perguntar por que ele havia ido embora, e ele respondeu que tinha visto o Rei dos Demônios sentado no trono no palácio e que não queria ter uma audiência com ele nem pedir-lhe favores.

2 de maio:

Sammy faz nove anos hoje. Ano passado, no aniversário dele, estávamos dando o fora de Albuquerque. Este ano, quase perdi os meninos por causa do xamã. Eles estão aprendendo, mas ainda há muito pela frente.

11 de maio:

Abaixo está uma lista de seres que podem mudar de forma quando quiserem ou que passam por várias transformações:

LOBISOMEM (loup-garou, rougarou, oboroten, vrykolakas, pricolici, maj-coh): transformação causada pela Lua cheia, por isolamento ou pela receita de um feitiço. Há muitos tipos diferentes, e nunca vi nenhum nem conheci ninguém que tenha visto. Precisa de mais pesquisas. Lycaon?

VAMPIRO: perguntar ao Elkins.

KITSUNE: espírito-raposa japonês. Tem até nove caudas, simbolizando sua idade e sabedoria. Podem ser malandros, amantes, mensageiros de Inari. O termo "myobu" designa as kitsune associadas à Inari (kami do arroz, cor branca); as nogitsune são selvagens, malandras, perigosas. Depois de viver 1000 anos, a kitsune ganha sua nona cauda e a habilidade de ver e ouvir qualquer coisa que aconteça em qualquer lugar no mundo. Odeiam cachorros. A presença de um cão pode fazê-las voltar à forma original quando estão transformadas em humanas. Frequentemente tomam a aparência de uma bela jovem, que é encontrada sozinha. Elas podem ter amantes humanos e filhos, mas desaparecem quando sua natureza real é descoberta. Também podem aparecer em sonhos. "Kitsunetsuki" é o termo usado para a possessão de um humano por uma Kitsune, que faz com que a vítima se comporte feito raposa e fale línguas estranhas. O exorcismo tem que ser feito em um templo de Inari. As Kitsune muitas vezes carregam bolas iluminadas por kitsune-bi, isto é, fogo de raposa. O humano que conseguir pegar uma dessas bolas terá controle da Kitsune. Por serem malandras, as Kitsune procuram pessoas orgulhosas e gananciosas para humilhar. Às vezes são apenas maléficas, mas isso é raro. É mais comum encontrá-las em casas abandonadas, das quais vão espantar novos residentes. Na versão coreana, chamam-se "Kumiho"; na chinesa, "Huli jing". As Kumiho geralmente são más e comem o coração ou o fígado dos humanos para consumirem sua essência e se tornarem humanas também; há histórias menos comuns que dizem que as Kumiho se tornam humanas quando resistem ao desejo de matar durante 1000 dias. As Huli jing são mais ambivalentes, como as Kitsune. Nos contos chineses, há muitas histórias de possessão e sedução.

TANUKI: cão-guaxinim japonês. Pode assumir qualquer forma, mas prefere tranformar-se em objetos inanimados (como bules etc.) para enganar os humanos. São, em grande parte, bem-humorados, mas podem tornar-se perigosos. Conhecidos pelo tamanho de seus testículos, adoram álcool e gostam de pregar peças em mercadores, enganando-os com folhas disfarçadas de dinheiro.

BOUDA: homem-hiena da África Oriental. O nome vem da tribo de onde o poder se originou. Devido à matrilinearidade do poder, também está relacionado à bruxaria. Na África, a bruxaria está frequentemente ligada a ferreiros... interessante. Estou pensando em Ogum e na Colt... Uma lenda paralela sobre a criatura fala da qora. Judeus etíopes são muitas vezes acusados de serem Bouda. Há também inúmeras lendas na Etiópia e no Sudão de que pessoas brancas — ou albinas — tinham sangue de hiena ou poderiam se transformar nesses animais.

HOMEM-JAGUAR (runa-uturungu na Argentina, também conhecido como yaguareté-abá; chac mool no México?)

SELKIE: almas de pessoas que morreram afogadas, habitando o corpo de focas. Perdem as peles de foca para irem à terra firme em intervalos predeterminados ou quando se apaixonam. Se um humano captura sua pele, a Selkie passa a pertencer a ele (ou a ela, mas é menos comum que mulheres peguem a pele). As Selkies vivem vidas humanas, têm filhos humanos... até descobrirem onde sua pele está escondida. Elas a pegam de volta e retornam ao oceano. Algumas Selkies vingam a matança de focas – supostamente amaldiçoam e sabotam pescadores. Há histórias vindas do Atlântico Norte e do Noroeste Pacífico. Há ligação com histórias da Donzela-cisne (outros nomes em inglês: swanmay, dove-girl, peacock maiden) e de vários outros animais que se transformam em mulheres.

LESHI: segundo o folclore eslavo, é o espírito protetor de florestas e da natureza. Tem a forma de um homem alto, mas sua barba é feita de capim e cipós. Pode tomar qualquer forma, incluindo a de plantas e árvores. Muitas vezes aparece como um enorme cogumelo falante, às vezes acompanhado de lobos e ursos. Quando está na forma humana, seus olhos têm um brilho verde, e seus sapatos estão trocados. Firma pactos com camponeses ou fazendeiros, impedindo que o gado ou os rebanhos se percam, mas reage violentamente a ameaças. Esconde machados, confunde lenhadores, destrói placas, sequestra jovens mulheres e até fazem cócegas nas pessoas até elas morrerem. Se quiser repelir um Leshi, vista a roupa do avesso ou ateie fogo em sua floresta. É diferente dos outros metamorfos por ter uma família: Leszachka (a esposa) e Leshonzy (seus filhos).

NAGA: comum aos mitos indianos e budistas. Nagas são espíritos-cobras. Às vezes tomam forma humana para viver entre as pessoas. É mais comum viverem na água ou sob a terra, onde protegem tesouros. Nagas exercem influência sobre eventos naturais e sacrifícios lhes são oferecidos. São idolatradas no Sul e no Sudeste Asiáticos, da Índia ao Tibete, do Camboja à Malásia.

RAKSHASA: reencarnação de humanos malignos. Rakshasas são metamorfos poderosos que podem não ter uma forma definida. Eles têm poderes mágicos, incluindo invisibilidade. São canibais e seus principais alvos são qualquer coisa religiosa ou sagrada. Além de carne humana, consomem comida estragada. Suas unhas são venenosas. Segundo o Mahabharata, alguns Rakshasas podem virar aliados dos humanos, desde que desistam do canibalismo.

YUXA: no mito tártaro, se uma cobra completar 100 anos de idade, ela se tornará uma Yuxa. Toma a forma de uma jovem mulher que deseja ter mais filhos, que também se tornarão Yuxas.

TENGU: são os espíritos dos arrogantes ou vaidosos. Eles tomam a aparência de velhos ou pássaros. Às vezes atacam aqueles que são parecidos com eles enquanto viviam – são, geralmente, sacerdotes, nobres e samurais muito orgulhosos. Em geral, enganam viajantes, sequestram crianças e confundem os religiosos. As vítimas são frequentemente levadas à loucura, ou são encontradas amarradas no topo de árvores. Eles têm um forte controle sobre ilusões, possuindo mulheres a fim de seduzir sacerdotes e monges, fazendo-os quebrar seus juramentos. Se a identidade do Tengu for descoberta ou adivinhada, ele precisa tomar a sua forma real – a de um enorme pássaro, como uma pipa – e depois fugir. Sacrifícios podem aplacar sua ira. Em casos assim, o Tengu escolheu um lugar para proteger ou morar, e intrusos que não obedeçam aos ritos certos enfrentarão problemas.

PUCA: Pode se transformar em diversos animais, sempre de cor escura, mas a forma mais comum é a de cavalo. Em geral, leva os humanos a uma selvagem cavalgada. Consegue falar e, ao se afeiçoar a um humano, lhe dará conselhos – especialmente no dia 1º de novembro. Safras não colhidas depois dessa data pertencem ao Puca, porque ele está sempre faminto. Se não for alimentado, pode ficar perigoso.

EACH UISGE: geralmente um cavalo, mas pode tomar a forma de um jovem e tentar seduzir moças. Na forma de cavalo, ele carrega o cavaleiro até a água antes de devorá-lo, deixando apenas o fígado. Pode ser controlado, desde que mantido longe da água.

ENCANTADOS: grupo de seres do folclore brasileiro. Podem ser cobras ou espíritos sem corpo, mas o termo é usado para descrever botos que tomam forma humana. Os encantados vêm de outro mundo e têm habilidades mágicas relacionadas à música e à sedução. Como as fadas dos mitos celtas, às vezes sequestram crianças, especialmente se elas forem consequências de suas relações humanas – não há histórias sobre crianças trocadas. Os encantados enlouquecem as pessoas, mas raramente matam. Podem forçar a transmutação de um humano em um encantado ou simplesmente atrair um humano até seu reino, conhecido como Encante. Na forma humana, eles usam chapéus para esconder o espiráculo, que não desaparece quando se transformam. Para quebrar o feitiço de um encantado, é preciso espalhar um pó mágico, feito de mandioca e pimenta, na água onde apareceu.

Malandros sempre mudam de forma? Ellegua, o coiote... Até o Pernalonga está sempre vestido de mulher...

17 de maio:

Hoje completaríamos 14 anos de casamento.

21 de junho:

Ontem, Sammy acordou no meio da noite me falando que estava com medo de algo escondido em seu armário. Fui até lá e olhei. Não havia nada, mas já vi coisas demais para não acreditar no menino. Dei-lhe a calibre 45 e disse que, na próxima vez que visse algo no armário, saberia o que fazer. Não vou ganhar o prêmio de Pai do Ano, mas já faz cinco noites que o Sammy não tem mais pesadelos. Às vezes, você realmente precisa de uma arma debaixo do travesseiro.

Daniel disse que vampiros não mudam de forma e que isso foi uma invenção de Bram Stoker.

2 de novembro:

Mary está morta há nove anos. Estou nessa jornada há nove anos e já acumulei tanta coisa que precisei alugar um espaço para guardar tudo.

Omnes angeli, boni et mali, ex virtute naturali habent potestatem transmutandi corpora nostra.

Todos os anjos, sejam eles bons ou maus, têm o poder de transformar o nosso corpo.

9 de dezembro:

Todos sabem que a magnetita tem a propriedade de atrair ferro, e que o diamante, quando posto perto da magnetita, anula esse efeito; e também o âmbar e o azeviche, quando esfregados, atraem ferro; e o asbesto, quando pega fogo, não se desfaz; o mineral granada brilha no escuro; a pedra-de-águia, quando colocada acima da região pélvica feminina, ou das plantas, ajuda a fortalecê-las, mas, se colocada abaixo, causa abortos; o jaspe estanca sangue; o echeneis, pequeno peixe, segura navios; o ruibarbo cura cólera; o fígado do camaleão, quando queimado, causa chuvas e trovões. O mineral heliotrópio engana a visão, e quem o usar se torna invisível, o mineral lyucurius acaba com enganos dos olhos, o perfume do lypparis invoca as feras, a pedra sinoquita chama fantasmas infernais, a anaquita faz as imagens de Deus aparecerem. Ennectis, colocadas debaixo daqueles que sonham, fazem deles oráculos. — Agrippa.

Magus: há também o pyrophilus, de cor vermelha. Alberto Magno relata que Esculápio mencionou essa pedra em uma de suas epístolas a César Augusto: "Há certo veneno, tão intensamente gelado, que preserva o coração de um homem, se este for tirado, e o impede de queimar. Se o coração for colocado no fogo, ele virará pedra, o pyrophilus."

1993

3 de janeiro:

Se eles liam a Bíblia ou se rezavam,
se lembrar conseguirão.
Porém, antes de irem se deitar,
as chamas sempre apagarão.

Para proteger os seus animais,
Eles fechavam os portões.
Também barravam as portas e entradas,
Mostrando fé nas construções.

E Smith pegou pólvora e munição
para a arma carregar.
"Vou deixá-la perto da cama", disse,
"Para em bruxas atirar."

Com a arma pronta e as portas trancadas,
as bruxas podem se esforçar.
Com os portões bloqueados, e seguros,
Os homens poderão descansar.

Feitiço conhecido pelos descendentes dos povos germânicos que imigraram para o estado da Pensilvânia como "pow-wow".

"Trotter Head, proíbo-te de entrar em minha casa e em meu terreno; proíbo-te de entrar em meu celeiro e em meu estábulo; proíbo-te de chegar perto de minha cama, para que tu não respires sobre mim; respira em outra casa, depois que tu subires todas as colinas, depois que tu cruzares todas as cercas e depois que tu atravessares todos os mares. E que este dia se repita em minha casa, em nome de Deus-Pai, do Filho e do Espírito Santo. Amém."

Proteção que se escreve contra espíritos malignos:

I.

N. I. R.

I.

SANCTUS ESPIRITUS

I.

N. I. R.

I.

Que tudo seja protegido aqui agora, e aí na eternidade. Amém.

24 de janeiro:

Dean completou 14 anos hoje e foi ao cinema com a namorada. Ela se chama Katie, se não me engano. Esse garoto é um garanhão, igual a mim na idade dele. Ele apronta, tem uma boca suja e muita energia. Silas estava certo: Dean é igual a mim. Se eu não tiver cuidado, quando ele fizer 20 anos, terá filhos e ordens de prisão pelo país todo.

19 de abril:

Davidianos. Koresh está associado a David e a Ciro, o Grande. Ciro foi o único gentio a ser considerado "messias", no Tanakh. Thomas Jefferson, enquanto preparava a Declaração de Independência, consultou a biografia que Xenofonte fez de Ciro – 19 de abril também foi o dia das Batalhas de Lexington e Concord. Além disso, Eliot Ness nasceu neste dia.

2 de maio:

Sammy completou dez anos hoje. O dia foi péssimo, tanto para ele quanto para mim. Ele faz parte de um time de futebol, e está jogando bem. Hoje iria ter uma partida. Mas era só um jogo e, aos sábados, nós sempre saímos para eu ensiná-los a atirar. Os dois já estão crescidos o suficiente. Hoje usaríamos flechas. Não estamos em temporada de caça, então iria ser um simples treino de tiro ao alvo, mas mesmo assim é importante. Eles precisam saber de tudo, de todos os jeitos para matar inimigos à espreita. Nossa Senhora, se há demônios atrás do Sammy, ele precisa saber como enfrentá-los, e Dean precisa saber como proteger o irmão. O problema é que Sammy é uma criança e quer jogar futebol. Quando cisma com alguma coisa ele consegue ser mais teimoso do que eu, mas, como eu sou o pai, saímos para atirar. Não posso culpá-lo por querer levar uma vida normal, mas eu não seria um bom pai se não os preparasse para o mundo em que vivem. Fazer o que é certo pelos seus filhos não significa sempre fazer o que eles querem. Especialmente no meu caso.

15 de maio:

A tulpa é criada através de ritual intenso de visualizações chamado *dubthab*. Uma variação conhecida como *dragpoi dubthab* é usada para criar manifestações de energia mental com o intuito de ferir outra pessoa. A forma física da tulpa se torna aparente depois que a mente consegue sentir a presença espiritual da manifestação. A tulpa, uma vez criada, independente da vontade do criador, irá gradualmente se voltar contra ele.

Segundo Evans-Wentz, magos iluminados conseguem destruir a tulpa com a mesma facilidade que têm para criá-la, e esses mestres conseguem incorporar o ser espiritual deles ao corpo de outra pessoa. Tudo depende da força de vontade.

Uma grande força de vontade é o início de qualquer atividade mágica . . . somente porque os homens não imaginam corretamente o resultado e nem acreditam totalmente nele é que a mágica é uma arte imprecisa, ainda que eles (os homens) tenham certeza de que estão certos.– Paracelso

Tudo é possível ao que crê. – Marcos 9:23

Será que as tulpas estão por trás das lendas urbanas? Contamos histórias uns aos outros e, quando um número suficiente de pessoas se concentra em uma ideia, ou passa a acreditar nessa ideia, ela se torna real...

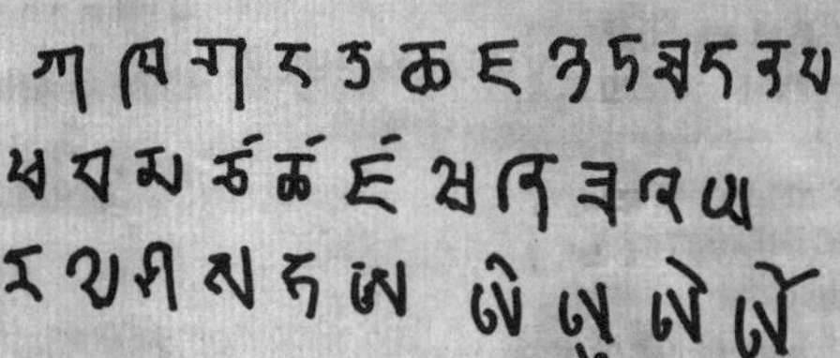

17 de maio:

Hoje completaríamos 15 anos de casamento. Mary, por que não sonho mais com você?

5 de setembro:

Amuleto que o Rei Carlos I carregava, escrito pelo Papa Leão IX:

O portador deste amuleto não temerá ser derrotado pelos inimigos, não será ferido por veneno, não terá azar, não será acertado por trovão nem queimado pelo fogo e não se afogará. Não morrerá sem absolvição, nem será considerado um ladrão. Ele não errará com as pessoas. Isto está nos nomes de Deus e Jesus Cristo (cruz) Messias (cruz) Sother (cruz) Emanuel (cruz) Sabaoth (cruz)

2 de novembro:

Mary está morta há dez anos. Dez anos. Tenho pensado sobre lendas urbanas o ano todo. O que aconteceu na nossa casa há dez anos já pode ter se tornado uma lenda urbana em Lawrence, junto com a Stull Church e o Eldridge Hotel. Eu fiquei meio maluco nessa última década, e, neste dia, de alguma maneira, é mais fácil me distanciar e julgar minha maluquice. Mesmo dez anos depois, continuo atrás de vingança. Mas, este ano, fiquei pensando sobre a visão da Mary que eu tive na casa do Jim, algumas semanas depois de sua morte. Estou com medo de tentar novamente por causa daquilo — e também por causa de tudo que leio sobre sessões espíritas. Os textos destacam o perigo e como é fácil a sessão servir de portal para algum espírito maligno pegar carona, junto com o que você chamou. Então me contenho.

Veja que irônico. Eu estava lendo sobre lendas urbanas e queria registrar essa daqui.

Bloody Mary: diga "Bloody Mary" três vezes de frente ao espelho de um quarto escuro e ela, em forma de espírito, aparecerá para matá-lo, cegá-lo ou mutilar seu rosto. Por que diabos alguém faria isso? Em algumas das variações da lenda, ela faz uma profecia. Em outras, é necessário dizer o nome dela 13 vezes. Historicamente, a rainha Maria I, da Inglaterra, tinha o apelido de Bloody Mary por ter sofrido seguidos abortos. Segundo versões mais recentes da origem do nome, Mary era uma bruxa que foi enforcada ou queimada na fogueira — ou morta em um acidente de carro — ou que perdeu os filhos, seja por tê-los matado ou porque alguém os tomou dela, fazendo-a cometer suicídio. Essas variações podem vir com invocações diferentes: "Bloody Mary, eu matei seus bebês" vem das histórias em que ela é uma mãe que perdeu os filhos, "Eu acredito em Mary Worth", das versões que ela foi injustamente acusada de bruxaria

ou infanticídio e "Bloody Mary, eu estou com seu bebê", das variações em que os filhos foram tomados dela.

A catroptomancia, ou adivinhação por espelhos, vem sendo praticada em quase todas as culturas desde o surgimento desse objeto. Antes disso, qualquer superfície que produzisse reflexo — água parada, principalmente — era usada para fazer profecias ou para que se pudesse prever o futuro. Os astecas criaram o Tezcatlipoca, ou "espelho fumegante", derramando mercúrio dentro de uma tigela. John Dee, mágico da corte da Rainha Elizabeth I, fazia adivinhações com a ajuda de espelhos. Várias culturas mencionam que, se você realizar um certo tipo de ritual enquanto se olha no espelho, como comer uma maçã, pentear o cabelo ou realizar qualquer umas das milhares de tarefas diárias de uma dona de casa — você verá seu futuro marido. Uma variação dessa lenda é olhar para dentro de um poço ao nascer do sol para ver que reflexo aparece dentro dele quando o sol começa a brilhar. Em muitas dessas histórias, o perigo é que você corre o risco de ver a Morte, o que significa que você irá morrer antes de se casar.

Há tradições em que é necessário cobrir todos os espelhos de uma casa quando alguém morre, para que eles não prendam o espírito daquela pessoa. Os gregos da Antiguidade e os indianos acreditavam que a alma estava no reflexo, e que ela poderia ser capturada por espíritos aquáticos. Segundo várias tradições do Pacífico Sul (andamanesas, motumotu) e da África (zulu, bassuto), a alma está no reflexo e, quando refletida, é vulnerável. O povo bassuto acredita que crocodilos tentam pegar essas almas.

Quebrar espelhos é sinal de azar porque eles são o reflexo da nossa alma; e também porque contêm o futuro. Por isso os sete anos de azar: você quebrou o seu futuro.

28 de novembro:

Variação no mito da Bloody Mary. Um caçador do Alabama me contou que, em Camp Hill, há uma ponte chamada Loveladies Bridge. Se você falar "Lovelady, Lovelady, estou com seu bebê!" três vezes, verá o espírito de uma mulher que morreu com os filhos em um acidente de carro.

Homem-gancho: um jovem casal estaciona o carro em algum lugar bem distante para namorar e, quando a coisa começa a esquentar, ouvem uma notícia no rádio sobre um prisioneiro fugitivo. Ele tem um gancho no lugar de uma das mãos. A garota acha que o clima acabou, e o rapaz, frustrado, a leva embora. Quando chegam em casa, há um gancho pendurado na maçaneta do carro. Em outra versão da lenda, o rapaz vai investigar enquanto a menina fica dentro do carro a noite toda, escutando barulhos estranhos, e descobre pela manhã que o namorado foi morto e está pendurado na árvore acima do carro. Em algumas histórias, os barulhos estranhos são as unhas do rapaz arranhando o teto do veículo. Há muitas histórias reais de assassinatos em lugares assim — o Filho de Sam, um caso no Arkansas em 1946, entre outros. É provável que essa história tenha se originado no Maine, na década de 1920.

Caroneira fantasma: a história geralmente é a mesma. Tarde da noite, alguém dá carona para uma mulher, às vezes uma jovem. Geralmente ela está vestida de branco. A moça pede para a pessoa levá-la para casa, mas não diz mais nada. Quando o motorista chega ao endereço, vê que o banco de trás está vazio e, quando pergunta aos moradores, eles falam que a tal moça morreu — ou foi enterrada — alguns anos antes perto do ponto onde ela foi apanhada. Há muitas variações.

- O motorista, imaginando o que houve com o casaco que ele emprestou à garota, encontra-o sobre sua sepultura.
- Em vez de ouvir a história da família da garota, o motorista vê uma foto dela na casa e entende o que aconteceu.
- A mulher prevê o futuro do motorista. Nesses casos, geralmente a caroneira foi uma freira.
- A mulher deixa algo no carro, em geral um cachecol ou uma bolsa.

Essa história é bem antiga. Joan Petri Klint escreveu sobre uma caroneira profética na Suécia, em 1602. Ela transformava cerveja em malte, bolas e sangue e, antes de desaparecer, fazia profecias sobre colheitas e guerras. Há outras variações desde a balada inglesa "A Suffolk wonder", do século XVIII, a história "The lady with the velvet collar", de Washington Irving. Há músicas de Country Joe McDonald, Dickie Lee, Blackmore's Night, The Country Gentlemen. Lembro-me de ouvir a canção de Dickie Lee no rádio quando eu era menino.

25 de dezembro:

Natal em Joplin, Missouri. Os meninos me deram um livro, provavelmente roubado de alguma loja, enquanto eu percorria as prateleiras da seção esotérica. Uma versão alternativa de mim, em um mundo onde professores não se transformam em demônios, talvez tivesse conseguido criar Sammy e Dean sem que eles precisassem se tornar ladrões. Mas, para nós, é um mal necessário. Tento desencorajá-los a pegar coisas de que não precisamos. Bom, é um velho livro sobre teosofia. Todos os caçadores que conheço têm certeza de que Blavatsky era uma fraude, mas lerei mesmo assim. Nunca se sabe onde pode haver pistas.

31 de dezembro:

Garrafa de Bruxa: garrafa pequena de vidro (pode ser qualquer frasco), preparada especialmente para aprisionar feitiços ou espíritos malignos. O conteúdo típico é urina, pelos, pedaços de unhas, linha vermelha. Receptáculos maiores de pedra, popularmente conhecidos como Bellarmines, em homenagem a um inquisidor católico. Havia rostos barbudos neles, como as gárgulas em igrejas, com a intenção de espantar o mal. Nas garrafas, poderia haver também terra especial, água do mar, pregos, alfinetes, sangue menstrual ou espinhos. Ficava geralmente sob o assoalho, em um lugar de difícil acesso – debaixo do fogão à lenha, da lareira ou da soleira.

Às vezes, gatos e crânios de cavalos eram escondidos nas paredes. Segundo o folclore, ambos serviriam como poderosas proteções contra espíritos familiares pois conseguiriam ver coisas que humanos não conseguem. Sapatos, escondidos nas paredes ou abaixo do assoalho, também eram usados para aprisionar feitiços.

Apotropaico: combater magia hostil, amuletos de proteção.

1994

24 de janeiro:

Dean faz 15 anos hoje. Semana passada, ele me ajudou a acabar com um espírito que assombrava uma mercearia de uma família indiana em Erie, na Pensilvânia. Fizemos o de sempre — encontramos os restos mortais, jogamos sal e queimamos. Mas não aconteceu o que esperávamos. Estou aprendendo que todos os espíritos têm coisas em comum, mas quem eles estão assombrando e quais eram as tradições deles, enquanto vivos, fazem toda a diferença. Tenho lido sobre mitologia indiana. São milhares de deuses, e cada um tem monstros e demônios como ajudantes. Os que mais aparecem, não na mitologia, mas no folclore, são Pishacha e Acheri.

Pishachas comem carne humana e são os filhos da raiva. Assombram cemitérios e crematórios, podem mudar de forma e, segundo algumas histórias, ficar invisíveis. Às vezes possuem as vítimas e enlouquecem-nas, em outras, atacam e comem. Lembrou-me do demônio não nomeado no Testamento de Salomão, que rasteja "ao lado dos homens que passam por entre os túmulos; e, num momento em que se distraem, eu assumo a forma dos mortos e, se consigo pegar algum, eu rapidamente o destruo com a minha espada. Mas, se não puder destruí-lo, faço com que seja possuído por um demônio."

Acheri é um demônio do folclore indiano que se disfarça de menininha. Mora nas montanhas e assassina viajantes, enganando-os pelo disfarce. Para se proteger, é preciso usar uma linha vermelha em volta do pescoço. Em alguns países europeus, dizia-se que isso também protegia crianças contra feitiçaria.

Linha vermelha: Cabala? De acordo com rabinos, cordões vermelhos não são mencionados na Torá, no Talmud nem na versão escrita da Cabala. Mas, segundo uma antiga superstição, amarrar um cordão vermelho no corpo é uma segulá, um ato de proteção. Alguns judeus ortodoxos amarram cordões vermelhos no berço das crianças para espantar espíritos malignos ou mau-olhado. A tradição

escolástica judaica considera o cordão vermelho uma superstição que chega perigosamente perto de uma falta de respeito a Deus, podendo ser considerada adoração de ídolos.

Sefer Yetzirah: tudo é derivado da Palavra, a criação da linguagem, da qual todos os aspectos do mundo físico vieram. Sete pares de contrastes:

Foram formadas sete letras duplas: bet, gimel, dalet, kaf, pê, resh e tau. Cada uma tem duas vozes. São as bases de Vida, Paz, Riqueza, Beleza ou Reputação, Sabedoria, Fertilidade e Poder. As letras são duplas porque seus opostos fazem parte da vida. O oposto de Vida é Morte; de Paz, Guerra; de Riqueza, Pobreza; de Beleza ou Reputação, Deformidade ou Infâmia; de Sabedoria, Ignorância; de Fertilidade, Esterilidade; de Poder, Escravidão.

Não há bem nem mal. O jeito que o homem vive em relação à ordem natural e divina dirá se ele irá perceber o bem ou o mal.

A Árvore da Vida é descrita no Sefer Yetzirah, mas com mais detalhes no Zohar — há uma crença entre os teólogos esotéricos que ela corresponda à Árvore da Vida mencionada no Gênesis. Há duas versões: uma tem 10 *sefirot* e 22 conexões; a outra, 11 *sefirot* e 24 conexões. As características individuais das sefirot e das conexões são muito contestadas.

Sobre a primeira sefirá, *Keter*, está *Ayn Sof Aur*, o início que nenhuma mente compreende, mas que aceita, porque há um ponto inicial necessário. Com *Keter, Biná, Chokhmah*, tempo e espaço têm seu início. São a Coroa, a Sabedoria e a Compreensão — o resto da criação é derivado deles.

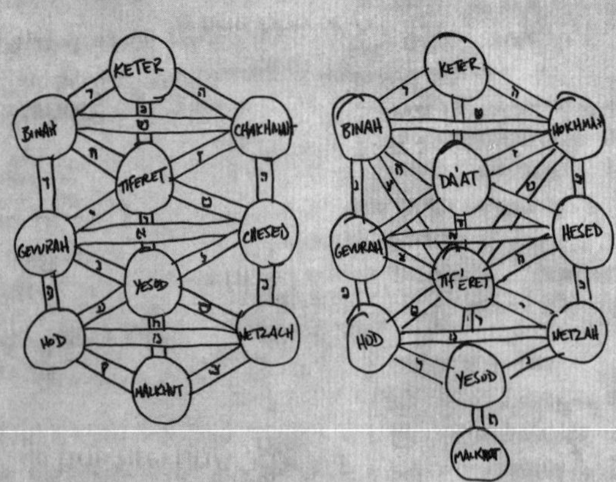

O tetragrama YHVH, por poder ser arrumado de várias maneiras, pode ter sido a origem do *tetraktys*, do misticismo pitagórico. Do *tetraktys*, veio o *quincunx*. Pitágoras sempre desenhava o pentagrama com duas pontas para cima, o que é considerado maligno por demonólogos/alquimistas/estudiosos medievais.

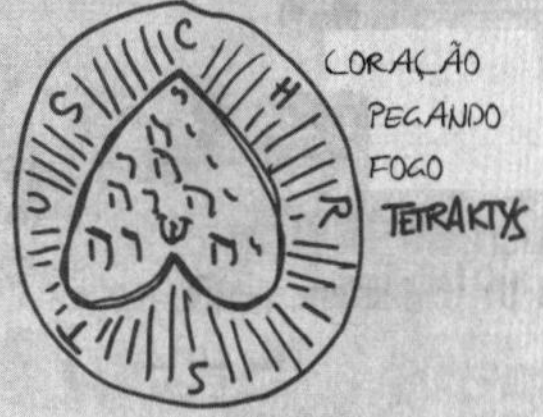

2 de maio:

Sammy faz 11 anos hoje. Com essa idade, Dean já queria uma arma, mas Sammy me pediu um computador de presente. Isso já mostra a diferença entre eles. Comprei um computador, um Macintosh Performa. Está na mala do carro, mas, sempre que passarmos a noite hospedados em algum lugar, ele vai querer ligá-lo. Hoje ele estava me falando da internet, não sei se entendi bem, mas, segundo o Sammy, tudo que você precisa saber está em algum lugar na internet e, se você tiver um computador, poderá encontrar. Pelo visto, será um grande avanço para a Equipe Winchester no que diz respeito à coleta de informações, pois todos os exércitos precisam de inteligência. Assinamos um provedor chamado Prodigy, com o qual, segundo Sammy, será o melhor jeito de acessarmos a World Wide Web. Usei um dos cartões de crédito que o Bobby me ajudou a conseguir.

17 de maio:

Hoje completaríamos 16 anos de casamento.

31 de outubro:

As bruxas são conhecidas por se transformarem em coelhos, gatos e outros animais familiares. As fantasias de Halloween seriam um vestígio da crença de que as bruxas transformadas estariam fora do país antes da Vigília de Todos os Santos...

George Gifford, 1608: De fato, conto-lhe como contaria a um amigo, que, quando entro no meu armário, fico com medo, pois vejo, de vez em quando, uma lebre. A minha consciência diz que é uma bruxa ou o espírito de alguma. Um temível gato, do qual não gosto, aparece no meu celeiro.

— <u>A dialogue of witches and witchcraft</u>

Nahuales: pajés que adquirem o poder de mudar de forma. O nome é nahuatl (asteca, originalmente "nahualli" no plural). As histórias sobre os nahuales fazem parte das mitologias asteca, maia e de seus descendentes – mixteca, zapoteca, tseltal etc. Cada nahuale tem um animal associado ao dia de seu nascimento. O nahuale pode tomar essa forma e, com frequência, outras também. Alguns têm características vampíricas, como se transformar em morcegos ou corujas para chupar sangue; em outros casos, o nahuale é um membro temido e respeitado de uma comunidade, que depende dele para resolver disputas. Em alguns lugares, dizem que os nahuales atacam índios que têm muito contato com populações mestiças ou caucasianas. O conselheiro de Montezuma, Nezahualcoyotl, supostamente conseguia mudar de forma e fugiu de Cortés? Há um paralelo com brujeria, que por si só tem paralelos com xamanismo e bruxaria europeia.

América do Norte – limikkin moicano, "xamãs". A versão navajo é yenaldooshi, que quebra um tabu (geralmente, assassinar um parente) para adquirir poderes mágicos. Assim, o yenaldooshi pode mudar de forma, mas continua humano no dia a dia. Ele irá vestir uma pele de coiote. Os yenaldooshi atacam de duas maneiras: jogando um pó tóxico feito de cadáveres, o que causa uma duradoura e fatal doença, ou atirando, com uma zarabatana, um pequeno pedaço de osso no corpo da vítima, o que também causa uma doença que acabará por matá-la. Os yenaldooshi passam por assentamentos, profanando locais sagrados.

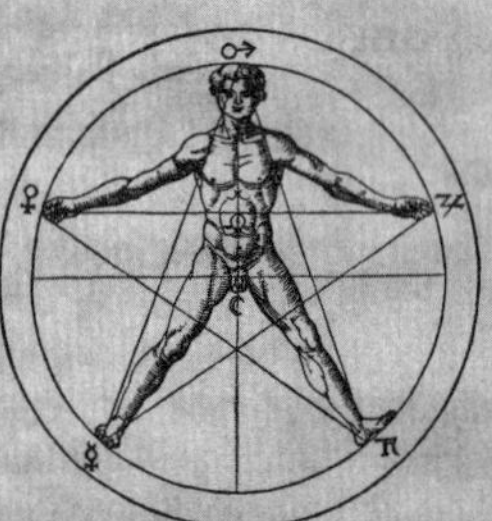

África – bruxas Hausa. Contei sobre elas para Jim faz uns anos. Elas podem se transformar em cães.

Possíveis laços com Abraxas ou Abrasax. Collin de Plancy: "Um deus em algumas teogonias asiáticas. Do seu nome veio a palavra abracadabra Em amuletos, ele é representado com cabeça de galo, patas de dragão e um chicote na mão. Segundo demonólogos, ele seria um demônio com cabeça de rei e serpentes no lugar das pernas. Os seguidores de Basílides, hereges do século II no Egito, consideram-no seu deus supremo. Eles perceberam que as sete letras gregas em seu nome somavam 365, o número de dias em um ano, e colocaram, sob o comando dele, vários espíritos que presidiam sobre os 365 Céus e para quem atribuíram 365 virtudes, uma para cada dia. Segundo os seguidores, Jesus Cristo, nosso salvador, foi apenas um espírito benevolente mandado para a Terra por Abrasax." – Dictionnaire infernal, 1863

Esses seguidores pertenciam a uma seita gnóstica. Algumas fontes negam qualquer envolvimento com Basílides, sugerindo que Abraxas/Abrasax seria uma figura demiúrgica, criada a partir do sincretismo das tradições judaicas e de algum outro povo obscuro.

2 de novembro:

Mary está morta há 11 anos. Onze: o número 1 dobrado, representaria uma cadeia de DNA. Representaria o equilíbrio também. Número primo. É o primeiro número que não dá para contar nos dedos. O 11º Arcano Maior é a Justiça.

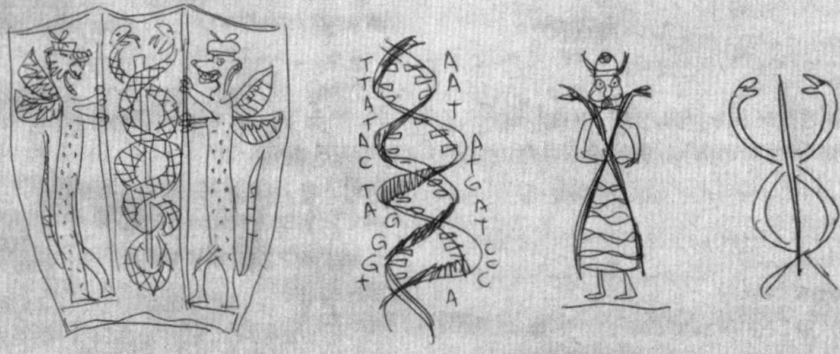

Apocalipse 11:11: "E depois daqueles três dias e meio o espírito de vida, vindo de Deus, entrou neles; e puseram-se sobre seus pés, e caiu grande temor sobre os que os viram."

11 de dezembro:

WENDIGO

Mito do povo cree: Ser maligno que devora. É uma mistura de fantasma, homem e fera. Espírito da floresta, com certeza. Pratica canibalismo/magia. Come carne viva. Mora na floresta.

É o caçador perfeito: sentidos aguçados, maior velocidade, maior força, mais poder. Visão e olfato melhores. Astucioso e louco. Não tem restrições morais nem tabus. Tem habilidades sobre-humanas, e vive instintivamente, como

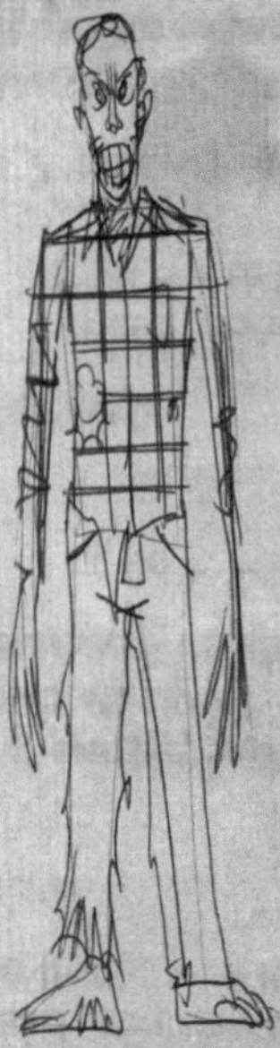

um animal. Feroz, voraz, maligno. Tem a força de animal selvagem, a liberdade de vagar pela floresta e comer carne viva. Só come carne viva.

O *wendigo* consegue jejuar durante invernos prolongados — e hibernar durante anos. Caça quando precisa. Segundo lendas locais, teria centenas de anos de idade. Era um homem que foi transformado em canibal, talvez devido a invernos rigorosos e falta de suprimentos. Minerador/caçador/mensageiro DeBois: isolamento e depravação tornaram-no um monstro. Culturas mundo afora têm lendas similares. O canibalismo conferiu-lhe poderes, como sentidos mais aguçados, mais velocidade e mais agilidade.

Desesperado, solitário — qual é o preço da sobrevivência? Devora membros da própria tribo. Está sempre com fome, sozinho e entorpecido. É menos que humano. Nunca consegue voltar ao normal, os sentidos mudaram. Os *wendigos* são temidos na História — há petróglifos que atestam esse fato. Versões norte-americanas: espírito gigante, com mais de quatro metros e meio de altura, olhos brilhantes, longas garras amarelas e uma língua grande, e a maioria tem a pele amarelada. Alguns têm pelos, são esguios e motivados pela fome. Podem ser machos ou fêmeas, mas estão sempre com fome. Em algumas versões da lenda, eles ficam maiores a cada refeição, e precisam sempre se alimentar mais. Em outras, o *wendigo* tem um coração de gelo, que precisa ser despedaçado ou derretido para matá-lo.

Canibalismo mais magia é igual a um caminho bem sombrio. Nunca vi nada tão faminto. Todos os movimentos e sons do *wendigo* têm a ver com sua fome. É furtivo enquanto espreita a presa, incrivelmente rápido quando ataca e selvagem e voraz, quando come.

Eu preferia não saber desse último detalhe, mas você vê essas coisas sendo caçador.

Algernon Blackwood mal soube o que houve.

0141552.010 Símbolos gravados e pintados da
Caverna 38, 101T042.152

1995

13 de janeiro:

Verstegan diz que lobisomens "são feiticeiros que, tendo untado seus corpos com uma pomada feita sob orientação do Diabo e tendo vestido um cinto encantado, parecem lobos, mas também diante de suas próprias consciências possuem a forma e o comportamento desses animais, enquanto usarem o referido cinto. E eles de fato se comportam como lobos, trazendo preocupação e morte, principalmente entre os humanos." Verstegan sugere que o lobisomem não tem consciência de seus atos quando está transformado e "não pensa por si". Outros relatos, que não o de Verstegan, associam isso à crença de que lobisomens só se transformam quando estão dormindo.

De Virgílio:
Moeris me entregou ervas de Pontus,
pois no rio havia muitos ervaçais;
Assim, muitas vezes eu pude ver
Moeris virar lobo e se esconder:
Vários espíritos ele chamava
E plantações de milho deslocava.

24 de janeiro:

Dean faz 16 anos hoje. Chegamos a Montana, e acho que estamos atrás de um lobisomem. Aquele nosso treino com besta vai ser útil. Há momentos em que não dá para usar armas de fogo, e esse é um deles. Amanhã iremos caçar e vou deixar o Dean assumir a liderança.

25 de janeiro:

Na mosca. Dean sabe atirar com qualquer coisa. Ele está se tornando um ótimo caçador.

Os lobisomens evitam chegar perto de acônitos, de artefatos sagrados e objetos de prata. Esfaqueá-los ou cortá-los com uma lâmina de prata pode fazer com que voltem à forma humana. A lenda da bala de prata provavelmente é real, mas nem todos os caçadores acreditam. Você sempre ouve falar disso. Eu estava no bar um tempo atrás e ouvi três caçadores reclamando que ou haviam feito algo errado na confecção das balas de prata ou que havia lobisomens imunes a elas.

Licantropia pode ter cura. De acordo com algumas tradições, matar um lobisomem remove a maldição de todos aqueles que ele mordeu — acabando com os descendentes, de certa maneira.

> *Aquele que desejar transformar-se em um OBOROT, que procure na floresta por uma árvore caída e apunhale-a com uma faca de cobre, caminhando ao redor da mesma e repetindo o seguinte feitiço:*
>
> *No mar, no oceano, na ilha, em Bujan,*
> *Sobre o pasto vazio brilha a lua, sobre o cepo*
> *apoiado num tronco verde, em um vale sombrio.*
> *Na direção do cepo vagueia um lobo desgrenhado,*
> *Procura o gado chifrudo para saciar suas presas brancas;*
> *Mas o lobo não entra na floresta,*
> *Mas o lobo não mergulha no vale cinzento,*
> *Ó Lua, lua dos chifres dourados,*
> *Restrinja o voo das balas, cegue as facas dos caçadores,*
> *Quebre os cajados dos pastores,*
> *Espalhe o medo selvagem entre o gado,*
> *Entre os homens e todas as criaturas rastejantes,*
> *Que eles nunca capturarão o lobo cinzento,*
> *Que eles nunca arrancarão sua pele morna,*
> *Minha palavra é fidedigna, mais fidedigna que o sono,*
> *Mais fidedigna que a promessa de um herói!*
>
> *Então salta-se três vezes sobre a árvore e corre para a floresta, transformado num lobo.*

Meu mestre havia ido a Cápua para vender algumas roupas velhas. Eu aproveitei a oportunidade e convenci nosso convidado de me fazer companhia em uma caminhada de mais ou menos oito quilômetros para além da fronteira da cidade, uma vez que, além de soldado, ele também era corajoso até a morte. Partimos ao cantar do galo, a lua brilhando como se fosse dia, e foi aí que, quando passávamos por algumas lápides, meu acompanhante começou a conversar com as estrelas, enquanto eu o acompanhava, cantarolando e contando as estrelas. Pouco depois olhei para trás, procurando-o, e o vi despindo suas roupas e colocando-as no acostamento da estrada. Em meio segundo eu já estava com o coração na boca, petrificado como um cadáver. E num estalo ele se transformou em um lobo. Não pense que estou brincando: eu não lhe contaria uma mentira nem por todo o dinheiro do mundo.

Continuando: depois de se transformar em lobo, ele uivou e rumou direto para a floresta. A princípio, fiquei tão confuso que perdi o chão, mas finalmente me recuperei e fui recolher suas roupas. Elas haviam se transformado em pedra. O suor agora pingava de mim; nunca imaginei que fosse superar essa história. Melissa começou a questionar por que eu havia chegado tão tarde. "Se tivesse chegado antes", ela disse, "você poderia pelo menos ter nos ajudado, porque um lobo invadiu a fazenda e estraçalhou todo o nosso gado. Mas, mesmo que tenha fugido, não foi motivo de comemoração pra ele, porque um de nossos servos acertou-o com uma lança." Após ouvir esse relato, não consegui dormir e, assim que amanheceu, corri para casa como um mascate que se perdeu de seu bando. Chegando ao local onde suas roupas haviam se transformado em pedra, encontrei apenas uma poça de sangue e, quando cheguei em casa, achei meu soldado acamado, enquanto um cirurgião fazia curativos em seu pescoço. Percebi naquele instante que aquele era o homem que podia trocar de pele e, depois daquilo, nunca mais me sentei à mesa com ele. Não, nem morto. Aqueles que por acaso tiverem uma visão diferente do caso estão mais do que convidados a expressá-la. Se eu lhes contar uma mentira, que os seus gênios me desmintam.

De uma edição antiga do Satyricon

Agora as versões do Novo Mundo: Loup-garou é conhecido no Canadá e em alguns pontos dos EUA colonizados pelos franceses. Lendas do loup-garou da Illinois pré-colonial: depois da transformação inicial, o loup-garou estaria condenado a passar 101 dias de transformações noturnas, seguidos de dias de melancolia e doença. O único jeito de sair dessa sentença mais cedo era alguém conseguir tirar sangue dele e, nesse caso, nenhuma das pessoas envolvidas poderia falar sobre o que houve até que os 101 dias tivessem passado.

Há variantes chamadas de rougarou no Sul dos EUA – em algumas versões, o homem se transforma, não em lobo, mas em crocodilo. Há mitos sobre homens se transformando em crocodilos no Egito e na Indonésia também. As versões do Novo Mundo frequentemente dizem que as transformações em lobisomem ocorrem devido a isolamento e a não seguir práticas religiosas, ou porque algum tabu foi quebrado. Canibalismo? Uma das primeiras lendas de lobisomens é a história de Licaão, que foi transformado em lobo depois de comer carne humana e tentar oferecê-la a Zeus. Heródoto e Plínio também falaram de pessoas transformadas em lobos. Segundo a Bíblia, Nabucodonosor imaginava ser um lobo.

Jogar um pedaço de ferro sobre um lobisomem transformado supostamente o faz voltar à forma humana. Será que isso está relacionado à crença de que fadas não podem tocar em ferro?

20 de abril:

Vamos à cidade de Oklahoma. Mais que duas pessoas envolvidas? Há boatos entre os caçadores que o McVeigh tinha contatos suspeitos. Eventos sobrenaturais possivelmente envolvidos. Dias antes da explosão, as pessoas viram coisas naquela área. O Daniel disse ter ouvido algo sobre o clima estranho. Coordenadas 35° 28' N 97° 32' O.

2 de maio:

Sammy faz 12 anos hoje e está dando trabalho. Se não está no computador, está discutindo comigo. Não consigo entendê-lo e ele não tenta me entender. É um problema típico, mas o pior é que não podemos conversar sobre o que houve com a mãe dele. Sammy quer morar em um lugar só e ter uma vida normal. Quanto mais velho ele fica, mais ele quer. Mas quanto mais velho ele fica, mais eu preciso dele para me ajudar a caçar. Meu filho precisa entender isso. Nossa jornada um dia chegará ao fim, e ele será parte dela.

Por trás do véu das alegorias hieráticas e místicas das doutrinas antigas, por trás da escuridão e dos estranhos testes de iniciação, sob o selo de todos os livros sagrados, nas ruínas de Nínive ou Tebas, nas ruínas de antigos templos e no rosto enegrecido da esfinge egípcia ou assíria, nas monstruosas ou maravilhosas pinturas que interpretam as inspiradas páginas dos Vedas para os fiéis da Índia, nos emblemas misteriosos de nossos antigos livros de alquimia, nas cerimônias de recepção praticadas por todas as sociedades secretas, há indícios de uma doutrina que é igual e secreta em todo lugar.

— *Eliphas Levi, introdução ao Dogma et Rituel de la Haute Magiee*

17 de maio:

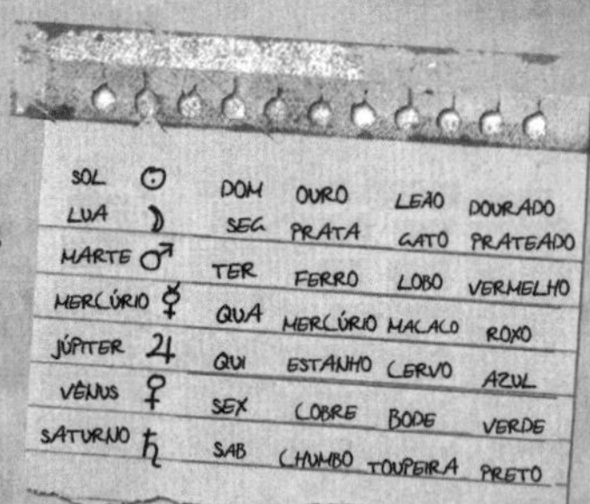

Hoje completaríamos 17 anos de casamento. Se fôssemos ingleses, as bodas seriam de turquesa. Colocam-se gravações em turquesa nas tumbas dos índios norte-americanos para protegê-los e atrair bons espíritos. Além disso, prender turquesa no arco ajudaria a atirar flechas com mais precisão.

Levi: "Superstição é o signo sobrevivendo ao pensamento; é o cadáver de um rito religioso."

A mistura correta dos sete dá o Electrum, segundo alquimistas.

Ouro . . . . . Au
Prata . . . . . Ag
Ferro . . . . . Fe
Mercúrio . Hg
Estanho . . Sn
Cobre . . . . Cu
Chumbo . . Pb

2 de novembro:

Mary está morta há 12 anos. Necromancia bíblica, de 1 Samuel:

7 *Então disse Saul aos seus criados: Buscai-me uma mulher que tenha o espírito de feiticeira, para que vá a ela, e consulte-a. E os seus criados lhe disseram: Eis que em En-Dor há uma mulher que tem o espírito de adivinhar.*
8 *E Saul se disfarçou, vestiu outras roupas, e foi ele com dois homens, e de noite chegaram à mulher; e disse: Peço-te que me adivinhes pelo espírito de feiticeira, e me faças subir a quem eu te disser.*

9 *Então a mulher lhe disse: Eis aqui tu sabes o que Saul fez, como tem destruído da terra os adivinhos e os encantadores; por que, pois, me armas um laço à minha vida, para me fazeres morrer?*
10 *Então, Saul lhe jurou pelo SENHOR dizendo: Vive o SENHOR, que nenhum mal te sobrevirá por isso.*
11 *A mulher então lhe disse: A quem te farei subir? E disse ele: Faze-me subir a Samuel.*
12 *Vendo, pois, a mulher a Samuel, gritou com alta voz, e falou a Saul, dizendo: Por que me tens enganado? Pois tu mesmo és Saul.*
13 *E o rei lhe disse: Não temas; que é que vês? Então a mulher disse a Saul: Vejo deuses que sobem da terra.*
14 *E lhe disse: Como é a sua figura? E disse ela: Vem subindo um homem ancião, e está envolto numa capa. Entendendo Saul que era Samuel, inclinou-se com o rosto em terra, e se prostrou.*
15 *Samuel disse a Saul: Por que me inquietaste, fazendo-me subir? Então disse Saul: Mui angustiado estou, porque os filisteus guerreiam contra mim, e Deus se tem desviado de mim, e não me responde mais, nem pelo ministério dos profetas, nem por sonhos; por isso chamei a ti, para que me faças saber o que hei de fazer.*
16 *Então disse Samuel: Por que, pois, me perguntas a mim, visto que o SENHOR te tem desamparado, e se tem feito teu inimigo?*

Deuteronômio 18 também adverte quanto à divinação com os mortos. Isso era muito praticado no Antigo Oriente — Pérsia, Babilônia, Caldeia. O rei Herodes também achava que Jesus era João Batista ressuscitado por necromantes.

THE MAGUS, FRANCIS BARRETT

A alma dos mortos não pode ser invocada sem sangue ou alguma parte do corpo deles. Na invocação dessas sombras, precisamos borrifar sangue novo nos ossos dos mortos, e carne, ovos, leite, mel e óleo, que permitem à alma um meio apto a receber o corpo.

É entendido que aqueles que desejam levantar as almas dos mortos precisam escolher lugares onde é mais comum encontrar esse tipo de alma; ou através de alguma aliança, que atraia as almas a seus corpos antigos, ou através de alguma afeição, impressa nelas em vida, que as atraia a certos lugares, cousas ou pessoas; ou pela natureza forte de um lugar, apto e preparado a purgar ou punir essas almas: são lugares, em sua maioria, famosos pela ocorrência de visões, ataques noturnos e aparições.

Assim, os lugares mais aptos para cousas dessa natureza são adros, em igrejas. Melhores ainda são locais dedicados à execução de julgamentos criminais; e melhor ainda que estes últimos são as localidades onde, recentemente, tem havido muitos massacres públicos de homens; esse lugar é melhor que aqueles onde os cadáveres de pessoas mortas violentamente não foram expiados nem enterrados; a expiação desses locais é um ritual sacro para o enterro dos corpos, e frequentemente impede que a alma volte ao corpo, expulsando-a para longe, para o local de julgamento.

Óleo, do Êxodo 30: Azeite de oliva com canela, cálamo, cássia e mirra. Canela: controle. Cálamo: prende os outros elementos. Cássia: cura e protege. Mirra: purifica.

Óleo de Abramelin: tem canela, mirra, galanga

Óleo de gálbano: in Liber Juratus — anjos

13 de novembro:

O time de futebol do Sammy foi campeão da divisão. Agora ele irá para as finais estaduais. Estou muito orgulhoso, mas triste também. Ele está lutando para não enlouquecer do único jeito que sabe — se rebelando. Mas, por ser o Sammy, ele se rebela contra ser normal. Eu entendo, apesar de não poder prevenir. Devemos muito à Mary para desistirmos agora. Mas vou ficar com o troféu.

1º de dezembro:

O Qliphoth foi descrito originalmente como aquilo que separa o humano do desenho divino na Árvore da Vida... ou resíduos físicos de faíscas sagradas do ser divino. Depois foram vistas como versões malignas ou caídas das sefirot, ou como um resultado necessário de Adão e Eva comerem uma fruta da Árvore da Sabedoria, o que criou um desequilíbrio no universo, que foi restaurado pela criação de Qliphoth. O diagrama abaixo foi expandido para incorporar ideias da demonologia medieval. O Qliphoth é às vezes caracterizado como algo que surge sempre que o pecado ou o mal ocorrem, se manifestando como azar, desastres ou entidades demoníacas.

Para o Talmude babilônico, há 7.405.926 demônios? O valor vem de Weyer, *Pseudomonarchia Daemonum*. 1111 X 6666. O número não se divide por 666 nem por 616.

QLIPHOTH — VERSÃO MEDIEVAL

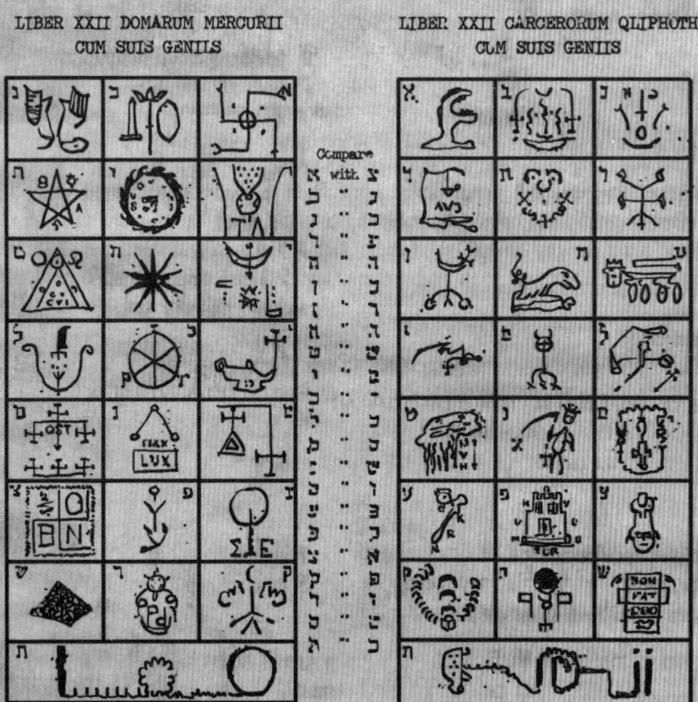

1996

24 de janeiro:

Dean faz 17 anos hoje. Treinamos tiro ao alvo, depois o deixei ir a sua primeira caçada sozinho. Ele já liderou antes, mas eu sempre estava junto. Dessa vez, ele foi sozinho. Isso será um teste e me permitirá passar mais tempo com Sammy. Dean vai se sair bem. Fantasmas de duas freiras assombrando a St. Stephen's Indian Mission em Riverton, no Wyoming. É uma missão simples: jogar sal e queimar. As freiras estavam apaixonadas uma pela outra e, quando isso foi descoberto, elas se mataram. Avaliamos a situação e percebemos que o foco para a assombração deve ser algum objeto deixado para trás. Uma Bíblia, rosários, talvez algum pequeno objeto escondido no quarto delas. Achei que o Dean daria conta sem problemas, mas fiquei por perto com Sammy.

Com a idade dos meninos, podemos ficar mais tempo em um lugar só. Talvez na Califórnia. Quando eu precisar sair sozinho, eles já têm idade para ficar em casa sem que eu precise me preocupar. Quando formos para uma caçada, eles podem levar o dever de casa. Eu queria falar com Sammy sobre isso. Como ele é teimoso, já vai ser difícil passar pela adolescência, sem contar as brigas diárias sobre ele querer ter uma vida normal. Juntos, podemos fazer tudo dar certo — mas ele precisa saber que cada um tem suas responsabilidades. A Mary é a prioridade.

Dean resolveu o problema das freiras como eu pensei, mas acho que não vou deixá-lo ir sozinho a caçadas durante um tempo. Essa não foi tão fácil assim.

11 de março:

Os habitantes locais chamam de Fossilman, mas talvez seja a Cannibal Owl. *Oka-moo-bitch* era um ser que sequestrava crianças más e, às vezes, caçadores desprevenidos da mitologia *shoshone*. Há um mito associado a esse que diz que, se as crianças aprenderem truques de mágicas ou técnicas de caçada enquanto forem mantidas sob o cativeiro do ser, às vezes aprendem a virar o feitiço contra o feiticeiro. Folclore das tribos *shoshone, paiute, shuswap.*

Segundo um mito *shoshone*, há sítios de petróglifos, chamados Poha Kahni, ou Casa de Poder, onde o mundo espiritual estaria mais próximo da superfície. Depois de um banho ritualístico em uma terma, o pajé iria ao Poha Kahni, entrando em transe para fazer a jornada ao mundo espiritual e capturar poder, voltar com mais sabedoria ou almas sequestradas.

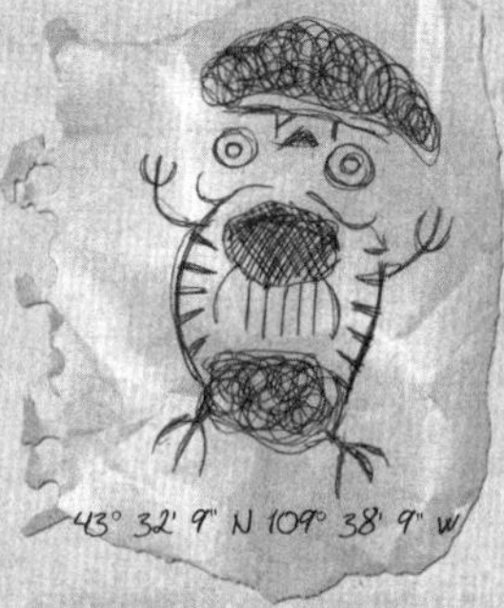

2 de maio:

Sammy completa 13 anos hoje. Ele está terminando a sexta série com muito rancor e um ano de atraso. Quando Dean tinha essa idade, comecei a me preocupar com garotas, bebidas, drogas... coisas normais. Com o Sammy não é assim, o que me preocupa é que, quando ele colocar para fora tudo aquilo que tem guardado dentro dele, não conseguirá se controlar. Acho que isso é um dos motivos de ele ter os pesadelos. O meu Sammy é diferente, acho que sofre um pouco por ter estado no mesmo quarto que Mary, quando ela foi morta. Ele se sente na obrigação de lembrar de algo ou de poder ajudar. Nossa, deve ser terrível saber que testemunhou algo, mas que não vai se lembrar nem poder contar a ninguém. Acho que ele também pensa sobre a Sra. Lyle. Dean e eu nunca lhe contamos a história toda.

17 de maio:

Hoje completaríamos 18 anos de casamento.

17 de junho:

Assombrações de escravos, locais onde havia linchamentos:

CLINTON COURT, HELL'S KITCHEN, NY: um marinheiro conhecido como Old Moor foi enforcado lá, quando o local era um cemitério de indigentes e, desde então, assombra o local. A partir do início das construções daquele lugar, ele foi culpado por pelo menos duas mortes lá: uma na década de 1820 (quando uma mulher caiu de uma escada devido a um susto que ele deu), e outra tempos depois, mas dessa vez foi uma menininha. Não há detalhes, com exceção da possibilidade de também ter ocorrido uma queda.

HICKORY HILL, EQUALITY, IL: senzalas feitas para escravos enviados para Illinois. O dono, J. H. Crenshaw, sequestrou negros livres e vendeu-os no Sul. Em 1846, um dos escravos cortou uma perna de Crenshaw a machado. As senzalas ficaram repletas com espíritos dos escravos que morreram. É difícil encontrar os restos mortais de todos. É provável que a mina também esteja assombrada, mas está desativada há muito.

BECKER FARM, SELKIRK, NY: atualmente faz parte do complexo da GE Plastics. A casa-grande ainda está de pé. Becker pegou a esposa na cama com um escravo, matou os dois e depois enforcou-se. A GE parou de usar a casa depois de vários eventos misteriosos.

HENRY HUDSON PARK, GLENMONT, NY: antiga senzala próxima ao rio, perto da 9W. Quatro crianças e um policial desapareceram no início da década de 1980. Não houve cobertura da mídia e ninguém das redondezas fala sobre o ocorrido.

FLORENCE, AL: escravos fugitivos morreram na forca, em uma ponte que passa pelo meio da cidade.

GENEVA, AL: cruzamento do Pea River com o Choctawhatchee River. Nenhuma planta floresce próximo de uma árvore usada para enforcamentos.

GADSDEN, AL: Crestwood Cemetery é assombrado por fantasmas de escravos assassinados na época em que o local era uma planta ão. Houve relatos de matilhas de cachorros fantasmagóricos também.

JACKSONVILLE, AL: Chief Ladiga Indian Trail. Havia senzalas na floresta, próximas à fronteira de um lote cuja construção não foi terminada. O local é assombrado por visões de corpos enforcados e fantasmas de escravos e grupos de linchadores.

MOBILE, AL: um carvalho está crescendo atrás da biblioteca pública, sobre a suposta cova de um homem inocente. Ele jurou que a árvore cresceria para provar que não era culpado.

STEELE, AL: Assentamento de escravos libertos queimado por racistas depois da Guerra Civil. Os espíritos deles ainda assombram o local.

CROSBY, TX: foi construído um bairro sobre um cemitério de escravos, que é assombrado por poltergeists.

AUGUSTA, GA: pilar na Broad Street, onde ficava o antigo mercado de escravos. Foi amaldiçoado por um dos escravos vendidos — alguém que tenha tentado danificar ou tirar o pilar de lá morreu?

NEWMAN, GA: Northgate HS assombrada pelo fantasma de um escravo linchado após matar seu dono?

POCOMOKE FOREST, MD: dizem que o local é assombrado pelos fantasmas de crianças afogadas por serem filhos do dono da plantação com as escravas que estuprava.

MT. MISERY ROAD, NC: um trecho que liga Brunswick a Fayetteville é assombrado pelos espíritos dos escravos que morreram no caminho das docas, de Cape Fear até o mercado.

CAYCE, SC: condomínio localizado numa antiga plantação assombrada por fantasmas de crianças abandonadas em latrinas.

Chega, não consigo mais escrever sobre isso.

21 de agosto:

De Agrippa: "Precisamos entender o que Pselo, o Platonista disse sobre a vigilância que cães, corvos e galos fazem: além deles, o rouxinol, o morcego e o corujão-da-virgínia, e o coração, a cabeça e os olhos, respectivamente. Consequentemente, dizem que, se alguém estiver de posse do coração de um corvo ou de um morcego, ela não conseguirá dormir até se livrar de tal objeto. O mesmo resultado terá quem, acordado, pendurar uma cabeça de morcego seca ao braço; se o indivíduo estiver dormindo, ele não conseguirá acordar até que a retirem de seu braço. Igualmente, o sapo e a coruja fazem as pessoas falarem, respectivamente, com a língua e com o coração; a língua de um sapo posta sob a cabeça de um homem o faz falar enquanto dorme, e o coração de uma coruja colocado sobre o seio esquerdo de uma mulher, enquanto ela dorme, fará com que ela diga todos os seus segredos. O coração de um corujão-da-virgínia e a pele de uma lebre, colocados sobre o peito de quem dorme, terão o mesmo efeito.

2 de novembro:

Mary está morta há 13 anos. Eu não a conheci viva durante tanto tempo assim. O que isso diz sobre mim, já que eu dediquei mais tempo a ela morta do que viva? Queria poder vê-la novamente, só mais uma vez, para lhe perguntar se o que estou fazendo é a coisa certa... mas aí me lembro do que houve na casa de Jim. Aquilo foi ela? Como saberei? Também me lembro da Sra. Lyle.

Viver é honrar a memória dos mortos e ter certeza de que se está protegendo os vivos.

Conheci um alquimista que acreditava que as almas dos mortos podiam ser colocadas em homúnculos. Ele se ofereceu para fazer isso por mim e pela Mary. Recusei, mas não foi fácil. Os espíritos que não conseguem se soltar da vida se tornam malígnos, e eu não aguentaria ver isso acontecer com ela. Já vi isso com muitas outras pessoas amadas.

14 de novembro:

Quem contou essa história foi o próprio Emil Besetsny, que publicou um livro em 1873 sobre os homúnculos criados por John Ferdinand, conde de Kueffstein (se não existisse um lugar chamado Kueffstein, alguém teria que inventá-lo), por volta de 1775. Ao que parece, Besetsny usou como fonte alguns manuscritos maçônicos e o diário do mordomo do conde, que atendia por Kammener. O alquimista que colaborava com o conde era um monge da rosa-cruz chamado Abbé Geloni:

> *As jarras eram fechadas com bexiga de boi e com um selo mágico (a Chave de Salomão?). Os espíritos nadavam dentro dessas jarras*

e não mediam mais que um palmo. . . Eles eram então enterrados debaixo de quilos de esterco e regados todos os dias com um tipo de licor, preparado com muita dificuldade pelos dois adeptos da crença e feito com "materiais altamente repugnantes"... Depois que as jarras eram resgatadas, os "espíritos" já estavam medindo mais de um palmo e meio, e quase não cabiam mais dentro delas. Além disso, os homúnculos do sexo masculino haviam crescido consideravelmente e tinham desenvolvido barbas e as unhas de suas mãos e pés... No entanto, na jarra do espírito vermelho e na jarra do espírito azul, não se via nada além de "água límpida"; mas, sempre que Abbé dava três batidinhas no selo que fechava as jarras e declamava algumas palavras em hebraico, a água começava a ficar azul (e vermelha, respectivamente), e os espíritos mostravam suas caras, muito pequeninas de início, mas crescendo em proporções até atingir o tamanho de um rosto humano comum. O rosto do espírito azul era belo como o de um anjo, mas o vermelho possuía feições horrendas.

Uma vez por semana a água precisava ser trocada e as jarras eram reabastecidas com água da chuva. Esse processo tinha de ser feito muito rapidamente, uma vez que nos breves instantes em que os espíritos eram expostos ao ar, eles fechavam os olhos, parecendo fracos e inconscientes, como se estivessem prestes a morrer. Mas o espírito azul nunca era alimentado, nem tinha sua água trocada, enquanto o vermelho recebia toda semana um dedal de sangue fresco de algum animal (galinha), e esse sangue desaparecia na água assim que era despejado...

Os espíritos forneciam profecias sobre eventos futuros, e geralmente acertavam. Eles sabiam as coisas mais secretas, mas cada um deles estava familiarizado apenas com os assuntos relacionados à sua posição. Por exemplo: o rei falava de política, o monge de religião, o mineiro sobre minerais, etc.; mas tanto o espírito azul quanto o vermelho pareciam saber tudo.

Por acidente, um dia a jarra contendo o monge caiu no chão e quebrou. O pobre morreu após algumas dolorosas respirações, a despeito de todos os esforços por parte do conde para salvá-lo, e seu corpo foi enterrado no jardim. O conde tentou gerar um novo homúnculo sem a ajuda de Abbé, que havia partido, mas não obteve sucesso, produzindo apenas uma pequena criatura que mais parecia uma sanguessuga, sem vitalidade alguma, e que morreu pouco tempo depois...

A maioria dos *golems* não sabe falar. A ideia é que, se pudessem fazê-lo, teriam alma, e uma criatura imperfeita (gerada pelo homem e não por Deus) teria uma alma imperfeita e seria, portanto, perigosa.

Do Sinédrio 65b.*
Disse o rabi: se assim desejarem, os Tzadikkim podem criar um mundo. Rava criou um homem e o enviou para Rabi Zeira. Rabi Zeira tentou conversar com o homem, mas ele não respondeu. Rabi Zeira então disse: "Você, que foi criado por meu amigo, retorne ao pó". Rabi Chanina e Rabi Oshiah sentavam todas as sextas-feiras para estudar o Sêfer Yetziráh e criar um bezerro que já nascia com um terço de seu tamanho máximo. Depois eles o comiam.

Eleazar Rokeach (conhecido também como Eleazar das Minhocas) menciona *golems* em suas anotações no Sêfer Yetziráh:

Quem quer que estude o Sêfer Yetziráh deve se purificar e usar vestes brancas. É obrigatório o estudo em duplas ou trios, nunca sozinho, como está escrito. . . e os seres que eles criam em Haran (Gênesis 12:5), como está escrito, é melhor que sejam dois, não um (Eclesiastes 4:9), e não é bom que o homem fique sozinho. Eu criarei um ajudante apropriado para ele (Gênesis 2:18). É por essa razão que a escritura começa com "bet", ou seja, "Bereshit bara,", que significa "Ele criou".

É preciso que ele encontre um local de solo virgem, que nunca tenha sido arado, nas montanhas. Deve adubar o solo com água corrente, fazer um corpo e começar a permutar os membros de acordo com o alfabeto hebraico, cada membro correspondendo à letra mencionada no Sêfer Yetziráh. E os alef-bets devem ser permutados primeiro, e depois ele deve incluir as vogais — alef, bet, gimel, dalet — e sempre a letra do nome divino com elas, e todo o alef-bet. . . depois ele deve apontar qual membro é o "bet", e qual é o "gimel", e assim sucessivamente com todos os membros. Ele deve fazer isto quando estiver puro. E esses são os 221 portais.

* O *Sanhedrin* ou Sinédrio é o nome dado à assembleia de 23 juízes que a lei judaica ordena existir em cada cidade. (N. do T.)

Para controlar o *golem*, seu criador escreve um dos nomes de Deus em sua testa, ou em uma pequena tábua, debaixo de sua língua. Esse nome pode ser apagado depois. Ou o criador pode escrever a palavra EMET (תמא "verdade") na testa do golem. Ao apagar a primeira letra de EMET, formando MET (תמ "morto"), o criador pode destruir o golem.

De acordo com a *kabbalah*, um *golem* nunca desobedecerá a seu criador.

1997

7 de janeiro:

Mapas de Detroit e Ypsilanti, ambos no estado de Michigan, feitos por Augustus Brevoort Woodward. Mago, esotérico, Maçom. Planejamentos de reconstrução feitos depois de incêndios: Detroit, em 1805, Ypsilanti, em 1825?

Mais mitos sobre o chamado Wolverine State:

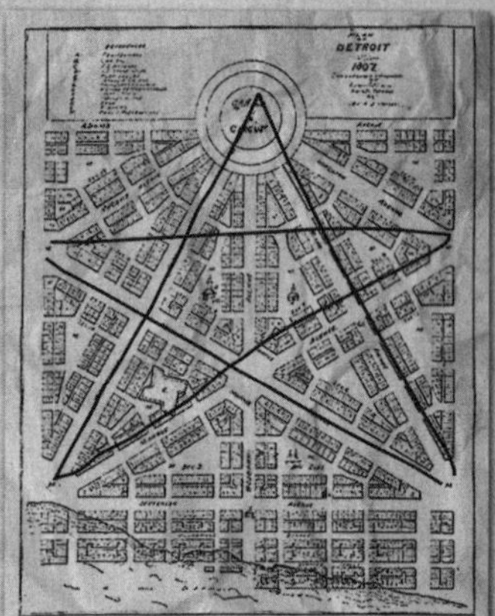

PLANEJAMENTO ORIGINAL APERFEIÇOADO DEPOIS DO INCÊNDIO DE 1805

A DEUSA DAS SERPENTES DE BELLE ISLE. Lenda dos indígenas de Detroit, da tribo ottawa. A princesa deles foi escondida pelo próprio pai (o chefe da tribo) em uma canoa coberta. Seu pretendente a encontrou e a levou à sua moradia, o que irritou os ventos, que o mataram. Espíritos ajudam o chefe a escondê-la em Belle Isle, protegendo-a com cobras. Algumas vezes ela é vista na forma de um cervo branco. O espírito do seu azarado pretendente está preso em Peche Island. Os primeiros colonizadores europeus que chegaram lá chamaram o local de "Rattlesnake Island" (Ilha das Cascavéis). Frequentemente veem uma mulher com um vestido branco (Mulher de Branco) e um cervo branco.

NAIN ROUGE. A lenda vem da Normandia, onde um anão ajudava um pescador – embora fosse às vezes um malandro também. Em Detroit, o anão é perigoso. Ele pode estar nu ou vestindo um casaco de peles vagabundo ou botas do mesmo material. Tem cabelo preto, pele avermelhada e olhos ardentes, podendo aparecer e desaparecer quando quiser. Suas

aparições trazem desastres para quem o vir e para a cidade onde mora.
Aparições:

1701: Cadillac atacou o anão vermelho com uma espada. Pouco tempo depois, foi à falência e arruinou sua reputação.
Forçado a deixar Detroit, rumou para Nova Orleans e depois voltou para a França.

1763: soldados britânicos veem o anão antes da Batalha de Bloody Run, na qual são massacrados pela tribo do chefe Pontiac.

1805: o anão foi visto imediatamente antes do incêndio que destruiu a cidade. Woodward planejou a reconstrução. Ele foi visto na forja, origem do incêndio.

1812: o general Hull relatou que foi atacado por um anão saído da névoa, depois de não conseguir cruzar o rio e atacar o Canadá. Rendeu-se aos ingleses, sem saber que suas próprias tropas estavam em maior número. Depois foi à corte marcial, sendo condenado ao pelotão de fuzilamento. A sentença foi atenuada.

1967: o anão foi visto várias vezes antes das revoltas que se iniciaram na 12th Street. Incêndios em grande parte da cidade, e as revoltas aceleraram a decadência do local.

1976: trabalhadores de uma usina veem o anão antes da tempestade de gelo.

O anão também foi visto em 1884, 1964, mas as fontes são menos confiáveis.

COINCIDÊNCIA INCRÍVEL

CRIANÇAS CAEM DUAS VEZES EM CIMA DO MESMO HOMEM

Joseph Figlock, um varredor de rua, se tornou o anjo da guarda involuntário das crianças desta cidade de sorte. No ano passado, uma criança caiu em cima de Figlock enquanto ele trabalhava em um beco. Figlock e o jovem felizardo tiveram ferimentos leves. Na noite de ontem, David Thomas, de dois anos, caiu de uma janela do quarto andar, e, novamente, Figlock estava lá para amparar a queda da criança.

24 de janeiro:

Dei o Impala ao Dean como um presente por seus 18 anos. O carro já tem 30 anos de estrada, e é incrível ele ainda funcionar da maneira que funciona. Ensinei a ele muito do que eu sei sobre mecânica, quer dizer, tudo até 1983. Não me atualizei desde então porque essa coisa de computadores e emissões me enlouquece. Só preciso de um motor 327 sem nenhum componente eletrônico, só pistões, virabrequim e um acelerador. Isso é um carro. E agora meu carro é do meu filho. Ele sabe que eu ainda vou dirigi-lo, mas ele é um homem agora, e, como já matou muitos monstros, dar-lhe o automóvel era o único rito de passagem em que consegui pensar. E é bom que ele cuide do Impala.

23 de fevereiro:

POLTERGEISTS

Lithobolia: ou o Demônio que Arremessa Pedras. É um relato verdadeiro (baseado em um diário) das várias ações de espíritos infernais (encarnações do Diabo), bruxas ou ambos; e os grandes problemas e o espanto que causaram à família de George Walton em um lugar chamado Great Island, na província de New Hampshire, Nova Inglaterra. Principalmente devido aos arremessos (feitos por uma mão invisível) de pedras, tijolos e pedaços de tijolos de todos os tamanhos, além de martelos, marretas, pés de cabra, espetos e outros utensílios que as mentes demoníacas imaginavam, durante um quarto de ano.

Que título enorme. É um relato sobre assombrações, (datado de 1682, mas só publicado em 1698) de Richard Chamberlain atribuído ao fato de a vizinha ser bruxa. Não há documentos indicando se a vizinha foi julgada. Outros poltergeists americanos notáveis: o mago de Livingston (Virgínia, 1797); a bruxa dos Bell (Kentucky, 1817); irmãs Fox (1848) – esse era mentira, mas os eventos iniciais podem ter sido reais.

Há semelhanças com possessões por íncubos/súcubos nos casos Entity e Smurl, ambos na década de 1970.

Segundo Missouri, poltergeists são espíritos inquietos, não projeções psicocinéticas. Eles querem atenção e, se não lhes for dada, passam de incômodo a perigo. Para se livrar deles, é necessário fazer o mesmo que se faz com qualquer espírito: encontrar os restos mortais ou o objeto assombrado, jogar sal e queimar. Repetir se necessário.

28 de abril:

Tive notícias de Bobby hoje. Ele foi a uma cidadezinha na Dakota do Sul com um grupo de caçadores, seguindo boatos de possessões demoníacas. Parece que não era nada. O lugar estava limpo. Discuti muito sobre demônios com Bobby. Estou começando a achar que não tenho escolha senão acreditar que existem.

30 de april:

Exorcizar um local ou uma comunidade. Este trecho foi retirado de uma reza a São Miguel, o Arcanjo — o que é meio irônico, porque anjos não existem. Pergunte a qualquer caçador. Demônios, sim, são reais. Então, rezamos para um anjo que não existe. Para quem estamos rezando? Não sei se dá para acreditar nisso.

> *São Miguel, o Arcanjo, ilustre líder do exército celestial, nos defenda na batalha contra principados e poderes, contra os soberanos do mundo da escuridão e o espírito de maldade. Venha ao resgate da humanidade, a quem Deus criou em Sua própria imagem e tirou da tirania de Satanás, a um alto preço. A Santa Igreja o venera como seu padroeiro e guardião. O Senhor lhe incumbiu com a tarefa de levar as almas dos redimidos à benção celestial. Suplicamos ao Senhor da paz para que expulse Satanás para sob nossos pés, a fim de impedir que ele prenda o homem e faça mal à Igreja. Leve nossas orações ao trono de Deus, e que a misericórdia do Senhor venha rapidamente e segure a besta, a serpente antiga, Satanás, e seus demônios, prendendo-o com correntes no abismo, para que ele não possa mais seduzir nenhuma nação.*
>
> *Nós os expulsamos, espíritos impuros, poderes satânicos, adversários infernais, legiões, seitas e grupos diabólicos, em nome e pelo poder do nosso Senhor Jesus Cristo. Nós ordenamos que nos deixem e que vão para longe da Igreja de Deus, para longe das almas feitas por Deus em Sua imagem e redimidas pelo sangue precioso do Cordeiro divino. Não se atreva, serpente ardilosa, a perseguir a Igreja de Deus, a atacar os eleitos de Deus e os peneirar como se fossem trigo. Pois o Mais Alto Deus ordena, Ele a quem um dia você se considerava igual; Ele que quer que todos os homens sejam salvos e encontrem a verdade. Deus o Pai ordena. Deus o Filho ordena. Deus o Espírito Santo ordena. Cristo, a eterna Palavra de*

Deus em carne, ordena, Ele que Se humilhou, ficando obediente até na face da morte, para salvar a nossa raça da perdição que a sua inveja causa; Ele que fundou Sua Igreja em uma firme rocha, declarando que os portões do inferno nunca triunfariam sobre ela, e que Ele ficaria com ela para sempre, até o fim do mundo. O sacro mistério da cruz ordena, junto com o poder de todos os mistérios da fé cristã. A exaltada Virgem Maria, Mãe de Deus, ordena, ela que em sua humildade esmagou sua cabeça orgulhosa no momento da sua Concepção Imaculada. A fé dos apóstolos santos Pedro e Paulo e dos outros apóstolos ordena. O sangue dos mártires e as orações devotadas de todos os homens e mulheres sagrados ordenam.

Então, dragão amaldiçoado e toda legião diabólica, exorcisamo-los em nome do Deus vivo, do Deus verdadeiro, do Deus sagrado, de Deus, que ama tanto o mundo que Ele deu a Seu único Filho, que quem acreditasse n'Ele não morreria, mas teria vida eterna; pare de iludir as criaturas humanas e enchê-las com o veneno da danação eterna; pare de tentar fazer mal à Igreja e acabar com a liberdade dela. Vá embora, Satanás, pai e mestre das mentiras, inimigo do bem-estar dos homens. Deixe ficar Cristo, que você não consegue influenciar. Deixe ficar a Igreja una, santa, católica e apostólica, que Cristo comprou com o sangue d'Ele. Reverencie a poderosa mão de Deus, trema e fuja quando chamarmos o santo e poderoso nome de Jesus, de quem os seres infernais têm medo, de quem as Virtudes e Poderes e Denominações celestiais são súditos, a quem o Querubim e o Serafim louvam eternamente quando cantam: "Santo, santo, santo, Senhor Deus do Sábado."

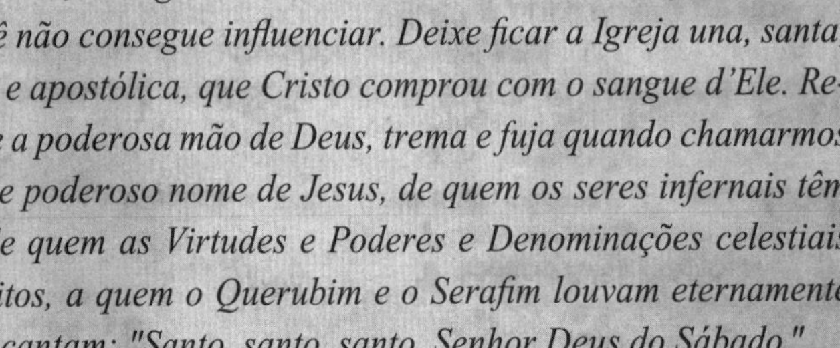

Quatro classes de demônios na demonologia judaico-cristã, correspondendo aos pontos cardeais, aos quatro elementos e às quatro estações.

Waite, As ciências ocultas: "No ocidente, muito do que se diz ser Magia Branca (isto é, permissível), era só um gotisismo disfarçado, e muitos dos anjos resplandecentes invocados com ritos divinos revelam unhas fendidas. Não é exagero dizer que a grande maioria dos experimentos psicológicos do passado foi feita para estabelecer uma comunicação com demônios, mas tinha propósitos ilícitos. As ideias populares a respeito das esferas diabólicas, todas criadas por magia, podem ter sido exageros grosseiros do fato acerca de inteligências perversas e rudimentares, mas a crueldade intencional dos comunicadores não é mencionada."

2 de maio:

O Sammy faz 14 anos hoje. Ele voltou a ter sonhos estranhos. Estou de olho em quaisquer sinais que indiquem que ele não é um garoto normal, mas não encontro nenhum. Ele é sensível, tem muita imaginação e só. Além disso, agora que chegou à adolescência, se tornou um chato de galocha. Dean perseguia rabos de saia e escondia cerveja no casaco. Eu entendia esses problemas. Mas Sammy simplesmente se desliga de vez em quando. Não fala com ninguém, a não ser que seja para discutir alguma coisa. Ele tem a força de vontade dos Winchester, mas não usa. Você não nota até que ele teime com alguma coisa. Como ele não vai ceder, é mais fácil lutar contra anjos.

10 de maio:

Quincunx. Em hoodoo, é usado para criar uma encruzilhada mágica e aumentar o potencial de um feitiço. É conhecido como "cinco pontas". Fixa os componentes de um feitiço e intensifica seu poder. Pode ser usado também como um símbolo, no lado de fora de uma propriedade, para prender o poder do usuário e impedir influência maligna. O padrão básico assemelha-se à face de um dado que cai no número 5, e suas variações são praticamente infinitas. Sir Thomas Browne: quincunx seria "um símbolo da quinta-essência que é idêntica à Pedra Filosofal."

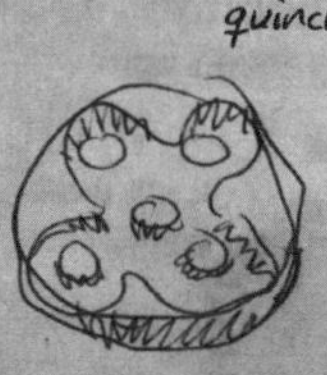

O quincunx é às vezes incorporado ao círculo de conjuração de proteção.

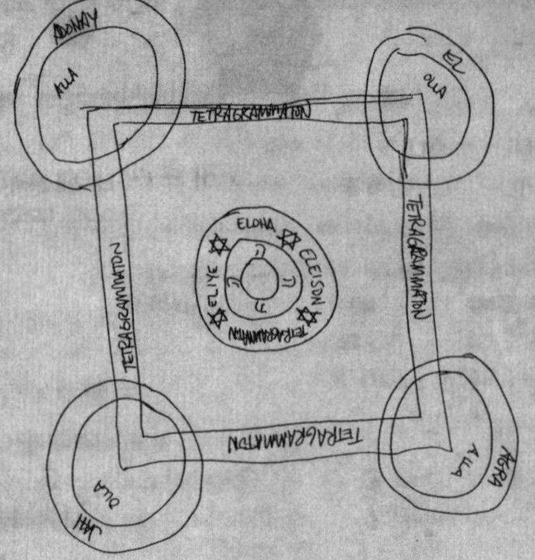

17 de maio:

Hoje completaríamos 19 anos de casamento.

Nas religiões islâmica e bahá'i, esse é um número sagrado. A Bismillah tem 19 caracteres arábicos, e o calendário bahá'i tem 19 meses e 19 dias. Eclipses solares geralmente ocorrem de 19 em 19 anos. Os babilônios consideravam o 19º dia de cada mês um dia de azar.

23 de maio:

SAMUEL COLT

1814-1862. Nasceu e morreu em Hartford, Connecticut. Tinha seis irmãos. Desenhou vários tipos de revólveres e o primeiro fui submetido para patente em 1832? No mesmo ano em que fez uma viagem missionária a Calcutá.

A Colt: feita em 1835 para um caçador, durante a aparição do cometa Halley – no periélio, em 16 de novembro. Struve fazia observações de 20 de agosto a 16 de novembro. O cometa ficaria visível para outras partes da Terra durante semanas. A Colt foi criada neste período (?). Segundo a descrição, ela parece ser o modelo Paterson, mas deve ser diferente, de alguma forma – a Paterson era de percussão, e, se o Colt fez 13 balas, supostamente numeradas, a arma deve usar cartuchos como munição. Cartuchos de metal só foram introduzidos nas Colts em 1873? Alguns revólveres antigos foram adaptados para possibilitar o uso de cartuchos antes de 1873. Uma bala disparada pela Colt mata qualquer coisa, até seres que não morreriam normalmente com tiros ou qualquer tipo de dano físico. Cada um tem uma história diferente sobre como a

Colt tem sido usada. Ninguém vivo viu a arma, pelo que sei. A Paterson foi produzida de 1836 a 1842 – sua produção foi suspensa quando a empresa faliu, mas os credores do Colt venderam modelos da Paterson até 1847.

A Colt de 1835 foi a primeira do seu modelo? Protótipo, a Ur-Colt. Foi a progenitora de todos os revólveres que vieram depois. Não foi a primeira vez que um ferreiro ou metalúrgico mexeu com o oculto. O orixá africano Ogum, deus do ferro, do fogo, da guerra. Na África Ocidental, ferreiros são considerados sacerdotes e magos. Tradições abissínias/etíopes e congas dizem que ferreiros são magos. Dactílicos, coribantes, cabiras, curenses e outros povos da Antiguidade eram considerados magos, devido ao talento em trabalhar com metal e ferro. Mitos nórdicos dizem o mesmo – Wieland, história de Thord Vettir. Segundo uma tradição germânica, o ferreiro acaba de trabalhar no sábado batendo na bigorna, mantendo o Diabo acorrentado por mais uma semana. Ferreiros também supostamente conseguem reconhecer deuses e demônios. Em regiões dos países eslavos, pode-se fazer juramentos em uma bigorna. Há histórias na Índia e na Escócia que contam que doenças e possessões demoníacas podem ser curadas com o toque em uma bigorna ou com a água de um ferreiro.

1º de dezembro, 1835. A data combina, e é o dia do banquete de Santo Elói, ou Elígio, o padroeiro dos ferreiros e ferradores. Elígio é conhecido por mandar seus servos e monges pelo sul da França para enterrarem os corpos de criminosos executados com os rituais apropriados – precaução contra zumbis?

Outros acontecimentos em 01/12/1835:
Micah Jenkins nasce – ele foi um general das Forças Confederadas, morto por seus homens na Batalha de Wilderness em 06/05/1864.
Hans Christian Andersen publica o primeiro livro de contos de fadas
Jacob Rome nasceu – congressista de Ohio, prefeito de Toledo

Será que o caçador para quem a Colt foi feita poderia ser David Crockett ou Jim Bowie? Ambos foram exploradores e morreram no Álamo. Todas as histórias que ouço sobre a Colt têm a ver com o Álamo, mas o cerco foi em 1836... Crockett viajou para o Texas no Halloween de 1835. O cometa Halley estaria visível. Bowie já estava lá. Em 1º de dezembro, ele estava procurando a lendária mina de Los Almagres.

3 de junho:

RAZÃO ÁUREA

Fundamental para o pentagrama. As seções mais curtas e mais longas das linhas do pentagrama têm razão áurea. Ela também aparece na espiral do náutilo. Ocorrências na natureza: o ouvido humano se aproxima da espiral. A proporção entre a distância dos pés ao umbigo e a do umbigo ao topo da cabeça é a razão áurea, assim como a proporção entre a distância do cotovelo ao punho e a do punho às pontas dos dedos.

Posição dos dedos de Deus no afresco de Michelangelo. Sistema de Lindenmayer.

1618 (aproximadamente) – a série de Fibonaci converge para o número áureo em uma curva da função seno descendente. Fibonaci popularizou o uso de algarismos indo-árabes na Europa na virada do século XIII. Antes disso, os matemáticos europeus usavam algarismos romanos. Ele aprendeu com matemáticos árabes na Argélia, entre outros lugares.

0 1 1 2 3 5 8 13 21 34 55 89 144
233 377 610 987 1597 2584 4181 6765
10946 17711 28657 46368 75025 121393
196418 317811 514229 832040 1346269

O dígito final na série de Fibonaci se repete em um ciclo de 60. Os dois dígitos finais também, mas em um ciclo de 300.

Cinco sólidos platônicos: tetraedro, cubo, octaedro, dodecaedro, icosaedro. Esses poliedros são os cinco dados básicos de Dungeons & Dragons, segundo Sammy.

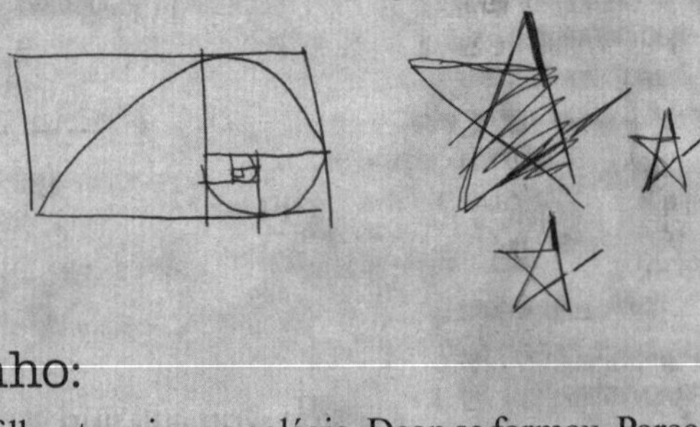

16 de junho:

Um dos meus filhos terminou o colégio. Dean se formou. Parece até um milagre, depois de passar por inúmeras escolas, mas conseguiu. Ele tem um diploma.

Acho que Sammy vai demorar um ano a mais. Ele vai começar o primeiro ano do ensino médio no próximo outono, porque nos mudamos tantas vezes enquanto ele cursava a segunda, terceira e quarta séries que perdemos um ano inteiro. Não sei se ele vai conseguir recuperá-lo. Não conversei com Sammy sobre isso ainda, mas ele deve saber o que vai acontecer. Já tentei falar com os diretores dos colégios sobre passá-lo, mas eles pedem notas, provas de que ele é superdotado, coisas assim. Não tenho nada disso. O que eu tenho é um filho que é quase um gênio e que vai estar com 19 anos quando terminar o ensino médio.

24 de julho:

Tácito discutindo a idolatria de Nerthus:

Em uma ilha do oceano há um bosque sagrado, no qual existe um coche coberto com um véu e em que só um sacerdote pode encostar. Ele consegue sentir a presença da deusa em seu santuário e a acompanha, com reverência, enquanto o veículo é puxado pelos bois. Seguem dias de alegria e de felicidade nos lugares em que a deusa honra com sua visita e estada. Assim, não há guerras, ninguém usa armas; todos os objetos de ferro são guardados... Então o coche, as vestimentas e (acredite) até a deusa são purificados em um lago secreto. Os escravos que realizam esta tarefa são afogados nas mesmas águas em seguida. (Germânia)

O Homem de Lindow, o Homem de Tollund, o Homem de Grauballe, Ramten, Bjeldskovdal, Bockstem, Gadevang, Yde, Soro, Bourtanger. Reino Unido, Alemanha, Dinamarca.

Os primeiros romanos enterravam escravos na fundação das construções. É similar à prática inglesa de enterrar cachorros, só que escravos são pessoas. Espíritos? Um escravo sepultado não deve ser um residente feliz na pós-vida. Foram encontradas evidências de pessoas enterradas sob estruturas na Grã-Bretanha pré-romana. Por isso que precisavam de garrafas de bruxa.

Sacrifício na fundação. Registros germânicos e celtas, contos populares mencionam muitas vezes pessoas — às vezes até crianças — sepultadas em paredes de castelos ou prédios. Em alguns relatos, também em estacas de pontes. Trecho retirado de Hessische Sagen:

Todos os invernos a água e o gelo do Haun River danificavam o vertedouro de um moleiro, de modo que ele não conseguiu mais angariar fundos para consertá-lo.

Desolado, um dia ele estava no vertedouro quando um bêbado se aproximou e lhe ofereceu um conselho. Ele prometeu deixar o vertedouro tão seguro que ele nunca mais seria danificado, mas, em compensação, teria que ser bem recompensado.

O moleiro concordou e o bêbado disse: "Encontre um menino. Nós vamos enterrá-lo vivo sob os alicerces e eu garanto que o vertedouro terá durabilidade."

O moleiro ficou arrepiado, mas, quando o bêbado disse que trocaria um menino por cerca de 15 sacas de grãos, eles entraram em um acordo e cavaram a tumba.

No dia seguinte, a criança chorava em vão. Os dois homens empurraram o menino para o buraco, taparam com pedras e não demorou até o vertedouro ficar pronto.

Pouco tempo depois, o cadáver do bêbado foi encontrado no Haun River. A consciência do moleiro pesou tanto que ele enfraqueceu e morreu.

A partir daí, o moleiro começou a vaguear, tentando puxar transeuntes (geralmente bêbados) para dentro do rio. Ele fica esperando por eles, porque foi um deles que lhe trouxe azar.

Acrescente espíritos aquáticos/maldições à história do sacrifício nas fundações. Fantasmas inquietos. Sacrifício humano na Ponte de Londres? Último verso do poema: "O que esta pobre prisioneira fez?" Ossos de santos eram enterrados nas pedras fundamentais das catedrais, para que seus espíritos protegessem o local sagrado. Sacrifícios compulsórios têm maior probabilidade de se tornarem espíritos inconformados, assombrando em vez de proteger. A Divina Comédia, de Dante Alighieri, menciona o sacrifício na fundação de Buondelmonte na Páscoa de 1215:

Ma conveniesi, a quella pietra scema
che guarda 'l ponte, che Fiorenza fesse
vittima ne la sua pace postrema.

Florença precisava oferecer uma vítima como sacrifício à pedra que guarda a ponte — ou seja, a estátua de Marte na Ponte Velha. O sacrifício à pedra e à Marte causou os problemas de Florença no século seguinte. Os cananeus sacrificavam crianças e as colocavam nas fundações das casas e templos. Gezer, Megiddo, Ta'annek. Josué 6:26: "sobre seu primogênito a fundará, e sobre o seu filho mais novo lhe porá as portas." Novamente em 1 Reis 16:34. Na Europa, em Copenhague, Liebenstein, Slavensk, Granderkesse, Oldenberg, Rugby. O povo tinglit, do Alasca, sacrificava escravos ou prisioneiros na lareira de uma casa nova.

Foram encontrados ossos no porão da casa de fazenda onde as irmãs Fox faziam suas sessões espíritas e no Hainesburg Viaduct, em Nova Jersey.

Será que eram do Jimmy Hoffa?

22 de agosto:

Michigan Dogman, um licantropo? Ele tem sido visto desde 1938, no norte do estado de Michigan. Alguns relatos descrevem a criatura como ameaçadora, enquanto outros são pura invenção criptozoologista no estilo do Pé-Grande. Talvez valha a pena investigar, especialmente porque essa região do país parece ter muitas criaturas caninas/lupinas – Fera de Bray Road.
Será que esse Dogman é um metamorfo? Talvez um lobisomem? Ou será que é um cão do inferno? Há uma música sobre a criatura nas rádios locais atualmente, então todos os bêbados imbecis que forem a florestas dirão que a viram, e isso vai durar meses...mas e os outros 60 anos em que a criatura foi vista? Estou tentando correlacionar casos de pessoas desaparecidas e crimes não solucionados com esses encontros. Não consegui nada ainda.

1974-77
Janna Saari
Perry Corlew, Phil LaCroix, Gunter Foster
Evie Sadowski
Phyllis St. Pierre
Edouard Laurent
April Norman

Giordano Bruno, Zósimo da Palestina, Pseudo-Dionísio

2 de novembro:

A Mary está morta há 14 anos.

A morte acontece quando a alma se separa do corpo. A criação de um zumbi se dá quando a alma e o corpo são religados através da necromancia.

O corpo reanimado pode se mover, falar e até mesmo pensar, mas ainda assim não pode lutar contra a decadência física. Zumbis não duram muito tempo e, quanto mais inteligentes se tornam, mais eles sofrem da mesma perturbação que mais cedo ou mais tarde acomete qualquer espírito que tenha sido impedido de seguir em frente. Isso é uma regra: se os espíritos não conseguem seguir em frente, a força com que o além os chama de volta acaba enlouquecendo-os.

Acho que tudo isso é para eu me sentir melhor em relação à Mary estar morta.

> *Agrippa: "Segundo dizem, um tecido que esteve perto de um cadáver e recebeu sua tristeza e melancolia; e uma forca usada para matar um homem possui certas propriedades maravilhosas."*

A VERDADE SOBRE AMITYVILLE. MALDIÇÃO INDÍGENA? John Underhill, guerreiro que lutou contra indígenas em Massachussetts, massacrou integrantes da tribo massapequa, perto de Amityville. O sachem Takapausha assombra a região, possuindo indivíduos para vingar-se. Outra lenda local conta que o espírito de uma mulher no Lake Ronkonkoma mata um casal por ano, porque ela morreu enquanto fugia com um amante proibido. Pessoas que se afogam no Lake Ronkonkoma frequentemente desaparecem durante meses. Corpos ou materiais perdidos em outros lugares aparecem no lago ou vice-versa – pessoas que se afogaram no lago foram encontradas em outras águas, fora do lago.

MALDIÇÃO DE KASKASKIA. Em 1735, uma jovem francesa se apaixonou por um indígena. Eles fugiram juntos, mas foram capturados. O pai da moça, Bernard, ordenou que o índio fosse amarrado em um tronco e jogado no Mississipi. Antes de morrer, o indígena amaldiçoou Bernard e a cidade. O francês morreu em um duelo em 1736, e sua filha também morreu, um ano após o pai. Nos 200 anos seguintes, o rio desviou seu curso e houve enchentes em Kaskaskia – até que tudo foi destruído, incluindo igrejas e cemitérios. Inundações em 1844, 1881, 1973. Muitos corpos perdidos no rio. Kaskaskia foi a primeira capital do estado de Illinois, mas agora a população gira em torno de uma dúzia de pessoas.

MALDIÇÃO DE SQUANDO, Saco River, Maine. Três brancos morrem anualmente no rio porque o filho de Squando morreu afogado.

MALDIÇÃO DOS LAGOS DO WISCONSIN. O último indígena a deixar Lake Wingra (às vezes chamado de Dead Lake, que significa Lago Morto) disse que o lago morreria. Nos 50 anos seguintes, o lago diminuiu muito, e, como o <u>Wisconsin State Journal</u> noticiou em 1923, "ficou famoso por ser traiçoeiro e por seus redemoinhos escondidos." Um índio da tribo Winnebago foi assassinado em Maple Bluff, perto do Lake Mendota. Ele invocou os espíritos do lago para que amaldiçoassem os colonizadores brancos e matassem dois por ano. Do mesmo artigo do <u>Journal</u>: "Embora a história seja só uma fábula, não deixa de ser verdade o fato de que, na história de Madison, dois brancos morrem afogados no Lake Mendota todo ano." Que fábula...

MALDIÇÃO DE CORNSTALK, Point Pleasant, Virgínia Ocidental. Desde a morte de Cornstalk em 1774, aconteceram os seguintes desastres em um raio de 160 quilômetros:

10/11/1777: Cornstalk é morto e amaldiçoa a terra
1794: Point Pleasant é incorporada
12/1907: desabamento em mina de carvão mata 361 pessoas, Monongah, WV
1913: enchente
04/1930: incêndio em prisão de Columbus, OH, 320 mortos
1937: enchente
06/1944: tornado faz 150 mortos
12/1967: desabamento de ponte mata 46 pessoas
08/1968: acidente de avião faz 35 mortos
11/1970: acidente de avião em Huntington, WV, faz 75 mortos
12/1972: 118 pessoas mortas em enchente
01/1978: derramamento tóxico contamina a água da cidade
04/1978: 51 construtores civis mortos durante construção de usina
Localidade onde houve outros desastres em minas de carvão: Eccles, Everettville, Osage, Bartley, Benwood, Layland, Stuart.

Mothman, ou Homem-Mariposa, foi primeiro visto em Point Pleasant. Foi visto mais de 100 vezes no ano anterior ao desabamento da Silver Bridge, sendo a maioria dos avistamentos na área perto da extinta West Virginia Ordnance Works. Raramente visto depois. É possível que suas aparições tivessem sido causadas pelo poder da sugestão e que a criatura trouxesse prenúncios? Não se sabe se algum dos 46 mortos no desabamento da ponte viu o Homem-Mariposa.

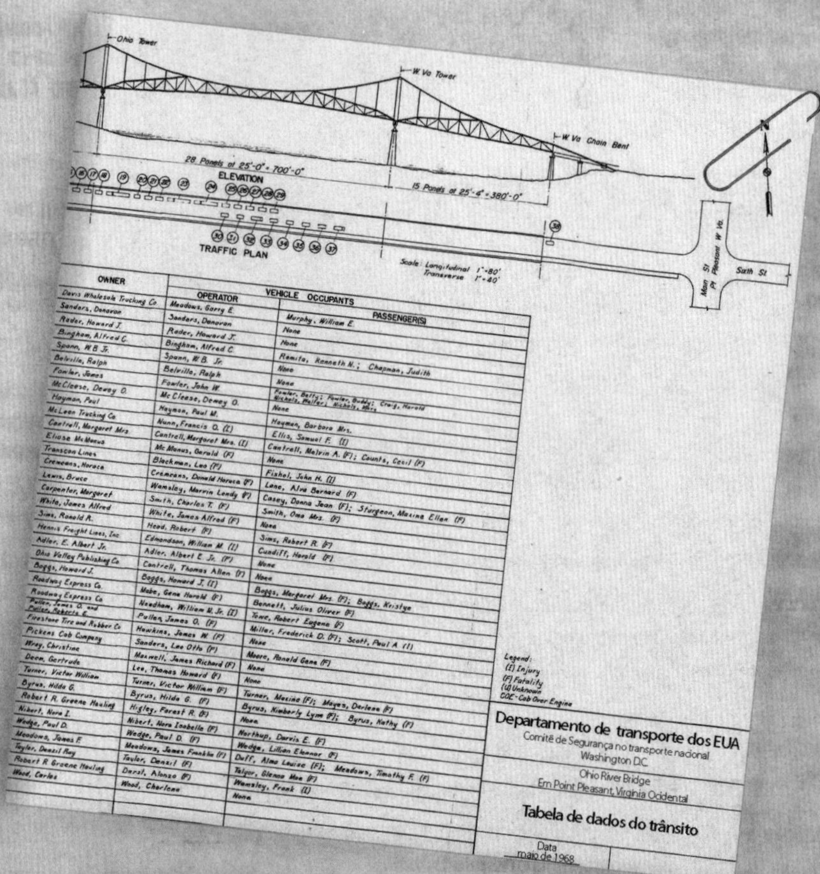

OWNER	VEHICLE OCCUPANTS	
	OPERATOR	PASSENGER(S)
Davis Wholesale Trucking Co	Meadows, Garry E.	Murphy, William E.
Sanders, Donovan	Sanders, Donovan	None
Rader, Howard J.	Rader, Howard J.	None
Bingham, Alfred C.	Bingham, Alfred C.	Remita, Kenneth N.; Chapman, Judith
Spann, W.B. Jr.	Spann, W.B. Jr.	None
Belville, Ralph	Belville, Ralph	None
Fowler, James	Fowler, John W.	Fowler, Betty; Fowler, Buddy; Craig, Harold Nichols, Walter; Nichols, Mary
McCleese, Dewey O.	McCleese, Dewey O.	None
Hayman, Paul	Hayman, Paul M.	Hayman, Barbara Mrs.
McLean Trucking Co	Nunn, Francis O. (I)	Ellis, Samuel F. (I)
Cantrell, Margaret Mrs	Cantrell, Margaret Mrs. (I)	Cantrell, Melvin A. (F); Counts, Cecil (F)
Eliose McManus	McManus, Gerald (F)	None
Transcon Lines	Blackman, Leo (F)	Fishel, John H. (I)
Cremeans, Horace	Cremeans, Donald Horace (F)	Lane, Alva Bernard (F)
Lewis, Bruce	Wamsley, Marvin Lendy (F)	Casey, Donna Jean (F); Sturgeon, Maxine Ellen (F)
Carpenter, Margaret	Smith, Charles T. (F)	Smith, Oma Mrs. (F)
White, James Alfred	White, James Alfred (F)	None
Sims, Ronald R.	Head, Robert (F)	Sims, Robert R. (F)
Hennis Freight Lines, Inc	Edmondson, William M. (I)	Cundiff, Harold (F)
Adler, E. Albert Jr.	Adler, Albert E. Jr. (F)	None
Ohio Valley Publishing Co	Cantrell, Thomas Allen (F)	None
Boggs, Howard J.	Boggs, Howard J. (I)	Boggs, Margaret Mrs. (F); Boggs, Kristye
Roadway Express Co.	Mabe, Gene Harold (F)	Bennett, Julius Oliver (F)
Roadway Express Co	Needham, William W. Jr. (I)	Towe, Robert Eugene (F)
Pullen, James O. and Pullen, Roberta E.	Pullen, James O. (F)	Miller, Frederick D. (F); Scott, Paul A. (I)
Firestone Tire and Rubber Co	Hawkins, James W. (F)	None
Pickens Cab Company	Sanders, Lee Otto (F)	Moore, Ronald Gene (F)
Wrey, Christine	Maxwell, James Richard (F)	None
Deem, Gertrude	Lee, Thomas Howard (F)	None
Turner, Victor William	Turner, Victor William (F)	Turner, Maxine (F); Mayes, Darlene (F)
Byrus, Hilda G.	Byrus, Hilda G. (F)	Byrus, Kimberly Lynn (F); Byrus, Kathy (F)
Robert R. Greene Hauling	Higley, Forest R. (F)	None
Nibert, Nora I.	Nibert, Nora Isabelle (F)	Northup, Darvis E. (F)
Wedge, Paul D.	Wedge, Paul D. (F)	Wedge, Lillian Eleanor (F)
Meadows, James F.	Meadows, James Franklin (F)	Duff, Alma Louise (F); Meadows, Timothy F. (F)
Taylor, Denzil Ray	Taylor, Denzil (F)	Taylor, Glenna Mae (F)
Robert R Greene Hauling	Darst, Alonzo (F)	Wamsley, Frank (I)
Wood, Carlos	Wood, Charlene	None

Legend:
(I) Injury
(F) Fatality
(U) Unknown
COE - Cab Over Engine

Departamento de transporte dos EUA
Comitê de Segurança no transporte nacional
Washington D.C.

Ohio River Bridge
Em Point Pleasant, Virgínia Ocidental

Tabela de dados do trânsito

Data
maio de 1968

1998

24 de janeiro:

O Dean já está com 19 anos. Nessa idade, eu estava voltando do Vietnã. A guerra do Dean não vai acabar como a minha. Na noite passada sonhei que tinha encontrado o assassino da Mary, e que sabia que teria que morrer para acabar com ele. Se isso for para proteger os meninos, então não tem problema.

Aum ("a voz de Deus é Aum"), suástica (antes da adoção pelos nazistas, era considerada um símbolo de boa sorte), uróboro (derivado da Via Láctea, também é a ideia platônica do primeiro ser vivo), estrela de Davi (triângulos quirais – Selo de Salomão?), ankh (hieróglifo que significa "vida")

17 de april:

ELEMENTOS DE HOODOO

Terra de cemitério: é preciso deixar uma oferenda na sepultura do espírito inquieto, e tem de ser moedas ou álcool. Moeda de 10 centavos de Mercúrio, se possível – Mercúrio era um psicopompo. Tumbas de soldados são favorecidas.

Goofer Dust: terra de cemitério, enxofre, sal. Pó vindo de uma bigorna (poder do ferreiro).

Trevo de quatro folhas: tradição celta de que o trevo era um amuleto contra espíritos malignos. As primeiras três folhas trazem esperança, fé, amor. A quarta traz sorte. O trevo de quatro folhas é também um quincunx.

Escama, chocalho ou sal de cascavel: fatiar a cobra inteira e colocar os pedaços em um jarro com sal. Deixá-los lá durante algum tempo. Os pedaços secos da cobra são jogados fora, e o sal que sobrou terá poderes mágicos.

Moedas: moeda de 10 centavos de Mercúrio devido a associações míticas. O mercúrio é considerado o primeiro metal na alquimia.

Deus mensageiro – isto é, serve como mediador. No vodu, o equivalente é Legba. Mercúrio é o deus dos mágicos, derivado do deus grego Hermes. (Hermes Trimegisto, hermético). Estátuas de Mercúrio e Hermes colocadas em encruzilhadas.

Fluidos: sangue, fluido menstrual, urina, saliva, sêmen.

Cabelo: da própria pessoa (se for um feitiço de proteção) ou de outra (se for um feitiço de amor ou maldição).

Raiz John the Conqueror – forma da planta morning glory, representa o poder do malandro africano mítico vendido como escravo.

Pé de coelho: pata traseira esquerda de preferência. O coelho deve ser levado a um cemitério. Traz sorte devido à associação da lebre como espírito familiar das bruxas?

Conjure bag, mojo hand, nation sack. A cor do tecido e o conteúdo do saco geram amor, poder, sexo ou sorte.

Marcas em forma de cruz: feitas com giz, sal, terra de encruzilhada. A fórmula varia, mas as marcas geralmente são feitas em forma de cruz – quincunx – com um círculo em volta. Linhas onduladas, simbolicamente representando cobras, também são usadas. Quando não há o pó apropriado, são usadas marcas feitas por pequenas pedras, com o dedo ou com um cajado. Causa má sorte para a pessoa-alvo – às vezes também para quem o cruzar. Os elementos que sobrarem devem ser descartados em uma encruzilhada, se possível.

2 de maio:

O Sammy faz 15 anos hoje. Ele começa o ensino médio neste outono. Na próxima primavera, já vai tirar carteira de motorista. Mal posso esperar para ver os meninos brigarem para dirigir o Impala. Ultimamente as coisas têm sido mais fáceis com o Sammy, ele parece estar mais comprometido. Acho que é porque tem conseguido manter mais o controle em relação a ir à escola, ter amigos aqui e ali. Tento não dizer a ele o que eu realmente acho: que às vezes ele foge da responsabilidade. Os Winchester não desistem. Não acho que ele esteja desistindo, mas ele tem ataques de teimosia e não escuta nada que digo. Os meninos não se dão tão bem quanto antigamente. Pode ser que o Sammy esteja cansado de ser o irmão menor e de ver Dean sempre tomando a liderança.

Talvez esteja na hora de mandar Sammy em sua primeira caçada sozinho. Vou procurar algo simples, como fiz para o Dean. Não sei por que estou preocupado, Sammy nunca foi de hesitar quando há problemas.

5 de maio:

Se espirrar na segunda-feira, trará perigo. Se espirrar na terça-feira, terá que beijar um estranho. Se espirrar na quarta-feira, esperará uma carta. Se espirrar na quinta-feira, acontecerá algo bom. Se espirrar na sexta-feira, acontecerá algo ruim. Se espirrar no sábado, terá uma jornada pela frente. Se espirrar no domingo, terá que procurar segurança - porque o Satanás o terá pelo resto da semana!

Passar debaixo de escadas: vem dos egípcios. Eles deixavam escadas encostadas nas paredes dos túmulos para que os mortos pudessem subi-las. Os espíritos se juntavam no triângulo formado pela escada, parede e chão.

Taxas de ataques cardíacos sobem no 4º dia do mês no Japão e na China. "Quatro" e "morte" possuem sonoridade semelhante nos dois idiomas.

Bater na madeira: tradição druida de bater nas árvores para pedir aos espíritos que saíssem.

Bulwer-Lytton
Conan Doyle
Yeats
Arthur Machen

17 de maio:

Hoje completaríamos 20 anos de casamento. Vinte: quatro vezes cinco. Número de dedos no corpo humano.

Hebraico/árabe: chamsá – também conhecida como "mão de Fátima" ou "mão de Miriam". A palavra em árabe significa "cinco".

"Amuleto" vem do árabe "hamala" – que significa "carregar" – e está relacionada ao também árabe tilasm, que vem do grego "telesma" ou "talein", a origem da palavra "talismã". A raiz da palavra tem a ver com iniciação e mistério.

Continha pedras preciosas, frequentemente turquesa, em países árabes. O conteúdo podia ser qualquer coisa, desde cabelo até a alma de um bebê. Ervas, pedaços de animais, moedas, bolotas, bambu, sinos, miniaturas de animais, símbolos religiosos, runas, grilos, desenhos. Tatuagens às vezes serviam como substitutas. Em turco, é "nazar".

Marco Polo: "Durante uma tentativa de Kublai Khan de conquistar a ilha de Zipangu, dois comandantes da expedição começaram a discutir, o que levou a uma ordem para executar toda a guarnição. Seguindo a resolução, a cabeça de todos seria cortada, mas oito pessoas seriam poupadas. Devido ao poder de um talismã diabólico, que consistia em uma joia ou um amuleto introduzido no braço direito, entre a pele e a carne, esses oito eram imunes aos efeitos do ferro, e não poderiam ser mortos ou feridos por esse metal. Quando isso foi descoberto, eles foram espancados até morrerem com uma pesada clava de madeira."

Âmbar protege contra doenças
Coral protege contra o mal
Opala aumenta o poder de feitiços
Safira é boa para sorte
Pérolas são boas para romance

Amuletos egípcios: serápis protege contra perigos da terra; canopus, contra os da água; um falcão, contra os do ar; e uma cobra, contra os do fogo.

Levi: "O pentagrama deve ser sempre gravado em um dos lados do talismã, com um círculo representando o Sol, uma meia-lua representando a Lua, um caduceu alado representando Mercúrio, uma espada representando Marte, um G representando Vênus, uma coroa representando Júpiter e uma foice representando Saturno. O outro lado tem que ter o símbolo de Salomão, isto é, a estrela de seis pontas formada por dois triângulos entrelaçados; no centro, deve haver uma figura humana para talismãs do Sol, uma taça para os da Lua, a cabeça de um cachorro para os de Júpiter, a cabeça de um leão para os de Marte, a cabeça de um pombo para os de Vênus e a cabeça de um touro ou a de um bode para os de Saturno. Os nomes dos sete anjos precisam ser escritos em hebraico, em árabe ou em caracteres mágicos como os do alfabeto

de Trimethius. Os dois triângulos de Salomão podem ser substituídos pela cruz dupla das rodas de Ezequiel, pois é encontrada em vários pentáculos antigos. Todos os objetos dessa natureza, sejam feitos em metais ou pedras preciosas, devem ser cuidadosamente envolvidos em uma sacola de seda da cor análoga à do espírito do planeta correspondente, perfumados com cheiro do dia correspondente e preservados de todos os olhares e toques impuros."

Selo de Salomão é usado para prender demônios.

11 de julho:

O Louco, O Mago, A Sacerdotisa, A Imperatriz, O Imperador, O Papa, Os Enamorados, O Carro, A Justiça, O Eremita, A Roda da Fortuna, A Força, O Enforcado, A Morte, A Temperança, O Diabo, A Torre, A Estrela, A Lua, O Sol, O Julgamento e O Mundo.

O tarô conta uma história. O Louco (a pessoa que deseja a leitura das cartas) precisa aprender certas lições. A ordem e as conexões entre as cartas contam a história do Louco.

4 de agosto:

Voltei de Orlando com Sammy. Dean tentou me enganar, falando que viajou por cinco estados durante a nossa ausência, mas o hodômetro do Impala mal mudou. Imagino que uma vez ele tenha saído com alguma garota.

14 de setembro:

Banshee. Bean sidhe. Às vezes estão vestidas de branco, outras vezes com roupas em que os mortos foram enterrados. Elas gemem, gritam e podem cantar para sinalizar que alguém que mora na casa irá morrer em breve. Geralmente aparecem sob três formas, que correspondem aos estágios do desenvolvimento da mulher (e talvez tenham a ver com a idade da pessoa cuja morte está sendo anunciada). Uma banshee é uma linda jovem, uma matrona ou uma velha de aspecto cadavérico. Essa última forma tem ligações com hags inglesas, como a Annis Preta, um ser de um olho só, muita força física e as características de um demônio: dentes longos, garras de ferro e rosto azulado. Diz-se que ela se escondia em um carvalho gigante, o único sobrevivente da floresta primordial. Como muitas outras hags, ela era canibal e caçava crianças, que devorava depois de depelá-las vivas. As peles ficavam em uma caverna, sob a árvore. Há uma conexão com a Lâmia, uma figura demoníaca/monstruosa grega, que devorava crianças e era frequentemente descrita como sendo metade serpente.

Baba Yaga, do folclore russo, é outro exemplo. Ela frequentemente devorava crianças e vivia nos confins da floresta, em uma cabana mágica que andava com pernas de galinha. Ao contrário da Annis Preta, a Baba Yaga poderia ser uma importante fonte de auxílio mágico para um herói ou uma criança. Se a pergunta certa fosse feita ou ela fosse encontrada de bom humor, a criatura poderia ajudar a pessoa, em vez de fazer dela uma refeição.

A banshee frequentemente aparecia chorando e lavando uma roupa suja de sangue em um rio – geralmente um presságio da morte de quem a vê. Além disso, ela pode aparecer nas formas de corvo, coelho ou doninha.

31 de outubro:

As seguintes pessoas nasceram no Halloween, o que supostamente lhes permite falar com os mortos:

1424 Vladislau III da Polônia
1632 Johannes Vermeer (possivelmente o batismo)
1705 Papa Clemente XIV
1795 John Keats
1835 Adolf von Baeyer
1887 Chiang Kai-shek
1892 Alexander Alekhine
1896 Ethel Waters
1902 Abraham Wald
1912 Dale Evans
1918 Ian Stevenson
1922 Norodom Sihanouk
1930 Michael Collins
1931 Dan Rather
1950 Jane Pauley

Morreram no Halloween:

1448 João VIII Paleólogo
1723 Cosimo de' Medici
1883 Swami Dayananda Saraswati

1926 Harry Houdini

1984 Indira Gandhi

1987 Joseph Campbell

Eventos:

1517 as "95 Teses" de Lutero são fixadas na porta de uma igreja

1892 publicação de As aventuras de Sherlock Holmes

1941 Monte Rushmore finalizado

Conan Doyle – A história do espiritualismo, 1926. Eusápia Palladino, Mina Crandon. Fraudes.

2 de novembro:

Mary está morta há 15 anos. Sinto que estou chegando mais perto. A cada ano eu aprendo um pouco mais. Todo ser sobrenatural que eu mato me ensina algo. Todo caçador com quem converso preenche alguma lacuna.

12 de dezembro:

Assassinatos em série não resolvidos

1884-85 Austin, Texas – jovens empregadas domésticas

1888 Jack, o Estripador – provavelmente Calcanhar de Mola

1918-19 Axeman of New Orleans – dizia ser um demônio em cartas

1935-38 Cleveland Torso Murderer (talvez ativo nas décadas de 20 a 50)

1946 Texarkana, Phantom Killer

1968-84 Assassinatos em Capital City, Madison, WI

1968-69 Assassino do Zodíaco, Califórnia – talvez ativo de 1963-71

1971-76 Assassino do Alfabeto, norte do estado de NY

1975-90 Região de New Haven, CT – mulheres jovens

1976-77 Condado de Oakland, MI. Assassinava crianças

1976-86 Costa da Califórnia – associação com o East Area Rapist em Oakland?

1979-86 Night Stalker, Califórnia

Década de 80 Southside Slayer, Los Angeles

1982- Green River Killer

Ciudad Juarez – centenas (?) de mulheres jovens

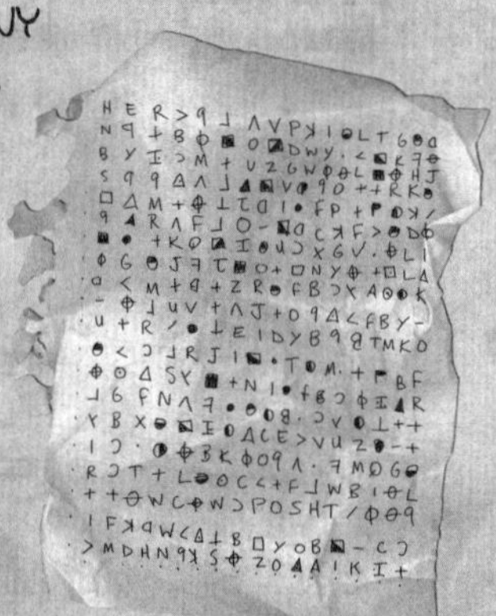

28 de dezembro:

O uivo de cães é um prenúncio da morte. Vem dos egípcios? Anúbis, que tinha cabeça de chacal, conduzia almas à pós-vida. Segundo uma crença dos mesoamericanos, dos índios norte-americanos e dos africanos, os cachorros levam espíritos para o mundo dos mortos. Os persas mantinham cães em seus leitos de morte para espantar espíritos malignos.

1999

1º de janeiro:

Achei que seria uma boa compilar informações e fazer uma Introdução a Zumbis. Os mitos são muito diferentes, então é preciso fazer alguns experimentos para descobrir as melhores táticas. As fontes europeias dizem que zumbis, incluindo vampiros, podem ser destruídos através dos seguintes métodos:

Enfiar estacas. As melhores são as feitas de freixo, carvalho ou, segundo tradições dos roma, espinheiro-branco. As estacas geralmente são cravadas no coração, mas podem ser enfiadas na boca ou estômago. São usadas para destruir o zumbi, mas também servem para prendê-lo no caixão. Elas também podem ser enfiadas nos pés dos cadáveres, para impedir que levantem. Uma variante: usa alfinetes ou agulhas de metal para perfurar o coração, olhos ou pés. Objetos de metal afiado, enterrados junto com o cadáver, mantêm-no preso. Por vezes é usada até uma foice. Inserem-se também pedaços de aço ou ferro na boca do morto.

Queimar. O cadáver suspeito de ser um zumbi é exumado e queimado. Às vezes, só é necessário queimar o coração. Segundo algumas tradições, é preciso queimar o corpo e misturar as cinzas com água ou água benta. Os parentes vivos bebem a mistura, libertando a maldição.

Desmembrar ou decapitar. Corta-se o coração ou a cabeça, colocando-a entre os pés. Às vezes, a cabeça é enterrada em um local separado ou é queimada. 1892, Mercy Brown, Rhode Island. O pai achou que ela fosse um vampiro, então exumou seu cadáver e queimou o coração.

Exorcizar. É feito quando se acredita que o corpo está possuído, não quando é um zumbi.

Vampiros do Novo Mundo: tunda, soucouyant, patasola, peuchen, cihuateteo (luz do sol é fatal), asema (se torna uma bola de luz, igual ao monstro africano obayifo), lobisomem (incendeia a libido das mulheres).

Ásia: jiangshi, bhuta, prêt, bramarakshasa, mandurugo/penanggalan (possui características da Súcubo), pontianak/langsuir (morta no parto, igual à mocihuaquetzqui, do mito asteca), leyan aswang, manananggal (ataca mulheres grávidas), nukekubi, chural (pés para trás como leshi?), kappa (mora nas águas; é educado, mas suga a força vital das vítimas).

África: ramanga, adze (se transforma em vaga-lume), asasabosam, impundulu.

Europa: callicantzaros (nasce entre o Natal e a Epifania e só podem atacar nesse período), upis (dois corações), ustrel (nasceu em um sábado, morreu sem ser batizado).

Austrália: yama-yha-who. As vítimas são transformadas gradualmente na criatura enquanto são devoradas por ela ou pelo vômito daquele que as devorou.

Akhanavar: vampiro armeno que chupa sangue pelos pés das vítimas.

24 de janeiro:

Dean completa 20 anos hoje. Está em algum lugar de Ohio e não liga há uns dias. Ele foi atrás de um possível *poltergeist*, mas deveria telefonar toda noite. Disciplina nas missões é essencial.

21 de março:

Ontem vi a Pedra de Dighton, em Massachusetts. Para mim, parece a versão pré-histórica de pichações de banheiro, mas os símbolos devem significar algo. Serão indígenas? Vikings? Teoria sobre o explorador português Miguel Corte-Real, 1511?

Há outros megálitos na região da chamada Nova Inglaterra. Os vikings estiveram aqui, todos sabemos disso. O que será que trouxeram? O que será que deixaram para trás? As inscrições rúnicas deles não podem ser falsas; além disso, as runas vikings eram divinas. Odin ganhou-as depois de se enforcar na árvore Yggdrasil.

2 de maio:

Corpus Hermeticum, *"O sermão secreto da montanha"*.

O primeiro tormento é este não saber, meu filho; o segundo, mágoa; o terceiro, intemperança; o quarto, concupiscência; o quinto, injustiça; o sexto, avareza; o sétimo, erro; o oitavo, inveja; o nono, perfídia; o décimo, raiva; o décimo primeiro, imprudência; o décimo segundo, malícia. São 12 tormentos, mas existem ainda muitos sob estes, meu filho; e, passando através da prisão do corpo, eles forçam o homem a sofrer.

O Sammy faz 16 anos hoje. Ele já tem tormentos o suficiente, e agora já tem carteira de motorista também. Não faz muita diferença, porque ele aprendeu a dirigir com nove anos.

17 de maio:

Hoje completaríamos 21 anos de casamento. Mary, estou nesta jornada há quase 16 anos, mas às vezes tenho a sensação de que estou tão longe da resposta quanto estive em 1983, quando vi nossa casa pegar fogo. O que estou fazendo? Joguei tudo fora por isto, para me juntar a uma tribo secreta de caçadores e passar minhas noites assistindo a exorcismos e matando espíritos... e o que eu fiz com os meninos? Eles não têm amigos, não como eu tive. Morei em uma cidade só enquanto crescia. Dean e Sammy são quase adultos e já viram todo tipo de estradas distantes e fazendas no país inteiro, mas não firmaram raízes. Nem voltamos mais a Lawrence.

A quantos exorcismos já assisti? Talvez a 50, 60? Quantos eram de demônios de verdade? Quantos eram de algum tipo de espírito malandro? Qualquer coisa pode dizer que é um demônio. Já senti o cheiro de enxofre. Já vi a água-benta e as armadilhas do Diabo funcionarem. Tudo poderia ser mais fácil, se os demônios não fossem tão reservados em relação à chefia lá de baixo. Se nunca o viram — e muitos deles não acreditam que ele exista —, então não há nenhum anjo caído mandando no inferno. Então não há anjos, ponto final. E o que são demônios? O que é o inferno? Segundo elas (criaturas que dizem ser demônios), ele existe.

21: 3 vezes 7. O Louco precisa aprender 21 lições na história do tarô. Sexto livro de Moisés. Selos.

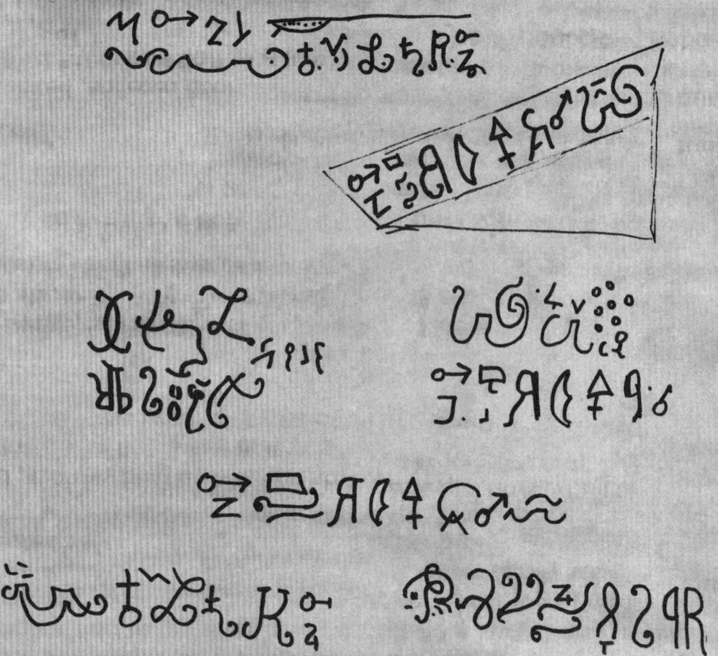

2 de novembro:

Mary está morta há 16 anos. O século está terminando, segundo a crença popular. O que será que nos espera no outro lado?

Dybbuk. O espírito (ou alma) de alguém que morreu recentemente. É malicioso e possui outras pessoas. Escapou da pós-vida ou foi impedido de entrar (especialmente no caso de suicidas). O nome é derivado de palavra em hebraico que significa "conexão". O espírito dybbuk possui sua vítima para terminar uma tarefa que não conseguiu terminar em vida. Sente-se atraído por pessoas que possuem desejos frustrados. Ações erradas ou antiéticas também atraem esse espírito. Quando possuída, a vítima realiza seus desejos não satisfeitos e, se conseguir concluir a tarefa (ou for ajudado a concluí-la), irá embora. Pode ser atraído também por alguém que queira o mesmo que ele queria em vida. Dybbuks são descritos em Samuel 18:10 e em I Reis, quando Elias é possuído por um espírito para incitar Saul a começar uma guerra injusta.

Exorcismo judaico compreende ler o Salmo 91 e soprar o chifre de um carneiro para romper as paredes que envolvem o dybbuk.

1 Aquele que habita no esconderijo do Altíssimo, à sombra do Onipotente descansará.

2 Direi do SENHOR: Ele é o meu Deus, o meu refúgio, a minha fortaleza, e nele confiarei.

3 Porque ele te livrará do laço do passarinheiro, e da peste perniciosa.

4 Ele te cobrirá com as Suas penas, e debaixo das Suas asas te confiarás; a Sua verdade será o teu escudo e broquel.

5 Não terás medo do terror de noite nem da seta que voa de dia.

6 Nem da peste que anda na escuridão, nem da mortandade que assola ao meio-dia.

7 Mil cairão ao teu lado, e dez mil à tua direita, mas não chegará a ti.

8 Somente com os teus olhos contemplarás, e verás a recompensa dos ímpios.

9 Porque tu, o SENHOR, és o meu refúgio. No Altíssimo fizeste a tua habitação.

10 Nenhum mal te sucederá, nem praga alguma chegará à tua tenda.

11 Porque aos seus anjos dará ordem a teu respeito, para te guardarem em todos os teus caminhos.

12 Eles te sustentarão nas suas mãos, para que não tropeces com o teu pé em pedra.

13 Pisarás o leão e a cobra; calcarás aos pés o filho do leão e a serpente.

14 Porquanto tão encarecidamente me amou, também eu O livrarei; po-lo-ei em retiro alto, porque conheceu o meu nome.

15 Ele me invocará, e eu lhe responderei; estarei com ele na angústia; dela O retirarei, e o glorificarei.

16 Farta-lo-ei com longura de dias, e lhe mostrarei a minha salvação.

Comentários sobre o salmo enfatizam a segurança do homem justo na face de perigos. Comentários hebraicos sugerem que a pestilência e a destruição são nomes poéticos para demônios; um aparece à noite, e o outro, ao meio-dia.

Gênios. A palavra vem da raiz semítica que significa "escondido". Mito árabe pré-islâmico contava que os gênios eram os espíritos de pessoas desaparecidas e que traziam doenças ou causavam insanidade à noite. Eram também espíritos do fogo e podiam mudar de forma. O islamismo os transformou, segundo o Corão, eram criados a partir de fogo, sem fumaça. Algumas variantes poderiam ou não estar relacionadas a pontos cardeais ou elementos; ifrit, marid, etc. Todos podem ser presos através de um ritual ou de uma derrota. No Hadith, os elementos de metamorfose permanecem, e um ifrit ataca Maomé com uma bola de fogo.

Corão, sura 72, al-Jinn:

> *Dize: Foi-me revelado que um grupo de gênios escutou. Disseram: Em verdade, ouvimos um Corão admirável, que guia à verdade, pelo que nele cremos, e jamais atribuiremos parceiro algum ao nosso Senhor; Cremos em que — exaltada seja a Majestade do nosso Senhor — Ele jamais teve cônjuge ou prole, e o insensato, entre nós, proferiu extravagâncias a respeito de Deus. E jamais imaginamos que os humanos e os gênios iriam urdir mentiras a respeito de Deus. E, em verdade, algumas pessoas, dentre os humanos, invocaram a proteção de pessoas, dentre os gênios. Porém, estes só lhes aumentaram os desatinos. E eles pensaram como pensastes: que Deus jamais ressuscitará alguém. (Disseram os gênios): Quisemos inteirar-nos acerca do céu e o achamos pleno de severos guardiões e flamígeros meteoros. E costumávamos nos sentar lá, em locais (ocultos), para ouvir; e quem se dispusesse a ouvir agora, defrontar-se-ia com um flamígero meteoro, de guarda. E nós não compreendemos se o mal era destinado àqueles que estão na terra ou se o Senhor tencionava encaminhá-los para a boa conduta. E, entre nós (os gênios), há virtuosos e há também os que não o são, porque seguimos diferentes caminhos. E achamos que jamais poderemos safar-nos de Deus na terra, nem tampouco iludi-Lo, fugindo (para outras paragens). E quando escutamos a orientação, cremos nela; e quem quer que creia em seu Senhor, não há de temer fraude, nem desatino. E, entre nós, há submissos, como os também há desencaminhados. Quanto àqueles que se submetem (à vontade de Deus), buscam a verdadeira conduta. Quanto aos desencaminhados, esses serão combustíveis do inferno.*

As Letras ou Caracteres de Saturno.

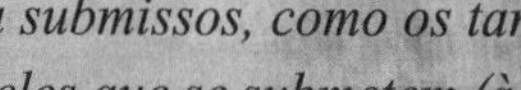

As Letras ou Caracteres de Júpiter.

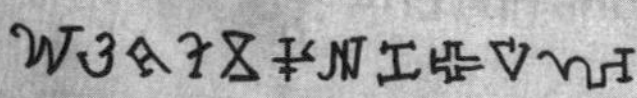

As Letras ou Caracteres de Marte.

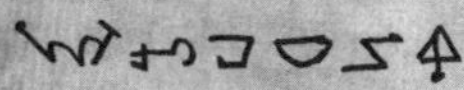

As Letras ou Caracteres do Sol.

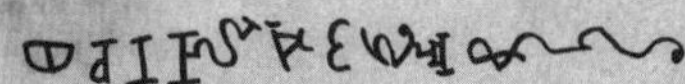

As Letras ou Caracteres de Vênus.

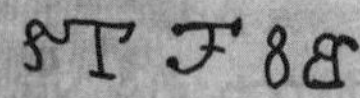

As Letras ou Caracteres de Mercúrio.

As Letras ou Caracteres da Lua.

2000

1º de janeiro:

O "*bug do milênio*" não acabou com o mundo, mas o *réveillon* quase matou o Dean. Ele está lá em cima, imóvel. Não estou bem.

17 de janeiro:

5/1 Telésforo
11/1 Higino
14/1 Félix de Nola
16/1 Marcelo I
18/1 Prisca — leão não a devorava
19/1 Mário, Marta, Audifax, Ábaco; Canute — rei dinamarquês morto por camponeses
20/1 Fabiano, São Sebastião
21/1 Inês — decapitada porque o fogo não a queimava
22/1 Vicente de Saragoça, Anastácio da Pérsia
23/1 Emerenciana — irmã de leite de Inês
24/1 Timóteo — apedrejado por pagãos
26/1 Policarpo — tutor de Ireneu
30/1 Martina

1/2 Inácio — morreu na arena
3/2 Brás
5/2 Águeda
6/2 Doroteia
9/2 Apolônia — dentes arrancados
14/2 Valentim
15/2 Faustino e Jovita
18/2 Simeão — crucificado

4/3 Lúcio I
6/3 Perpétua e Felicidade
10/3 40 Mártires Sagrados — morreram congelados

13/4 Hermenegildo
14/4 Tibúrcio, Valeriano, Máximo
17/4 Aniceto
22/4 Sotero e Caio
23/4 Jorge
24/4 Fidélis de Sigmaringen
26/4 Anacleto, Marcelino
29/4 Pedro — assassinado por cátaros

3/5 Alexandre I, Evêncio, Teódulo
7/5 Estanislau — morto pelo rei Boleslau
12/5 Nereu, Aquileu, Domitila, Pancrácio
14/5 Bonifácio
18/5 Venâncio
25/5 Urbano I
26/5 Eleutério

27/5 João I
30/5 Félix I

2/6 Marcelino, Pedro, Erasmo
5/6 Bonifácio
9/6 Primo e Feliciano
12/6 Basílides, Cirino, Nabor, Nazário
15/6 Vito, Modesto e Crescência
18/6 Marcos e Marceliano
19/6 Gervásio e Protásio
20/6 Silvério
26/6 João e Paulo

2/7 Processo e Martiniano
3/7 Ireneu
10/7 Rufina, Secunda
11/7 Pio I
12/7 Nabor e Félix
18/7 Sinforosa e seus sete filhos — ela viu os filhos serem mortos
20/7 Margarida
23/7 Apolinário
24/7 Cristina
27/7 Pantaleão
28/7 Nazário, Celso, Vitor I
29/7 Félix II, Simplício, Faustino, Beatriz
30/7 Abdão, Senem

1/8 Macabeus
2/8 Estêvão I
6/8 Sisto II, Felicíssimo e Agápito
8/8 Ciríaco, Largo e Esmaragado
9/8 Romano
10/8 Lourenço
11/8 Tibúrcio e Susana — andaram sobre brasa
13/8 Hipólito e Cassiano
18/8 Agápito
22/8 Timóteo e seus companheiros
26/8 Zeferino
28/8 Hermes
29/8 João Batista, Sabina
30/8 Félix e Adauto

1/9 12 Irmãos Sagrados
8/9 Adriano — membros foram cortados, raio matou carrascos
9/9 Gorgônio
11/9 Proto e Jacinto
15/9 Nicomede
16/9 Cornélio, Cipriano, Eufêmia, Lúcia e Geminiano
19/9 Januário e seus companheiros
20/9 Eustácio e seus companheiros
22/9 Maurício e seus companheiros
23/9 Lino, Tecla
26/9 Cipriano e Justina
27/9 Cosme e Damião
28/9 Venceslau

5/10 Plácido e seus companheiros
8/10 Sérgio, Baco, Marcelo e Apuleio
9/10 Eleutério
14/10 Calisto I
21/10 Úrsula e seus companheiros
25/10 Crisanto e Daria — enterrados vivos
26/10 Evaristo

4/11 Vital e Agrícola — Vital morto em arena, Agrícola foi crucificada
8/11 Quatro Mártires Coroados
9/11 Teodoro
10/11 Trifon, Respício e Ninfa
11/11 Menos
12/11 Martinho I
14/11 Josafat

19/11 Ponciano
22/11 Cecília
23/11 Clemente I, Felicidade
24/11 Crisógono
25/11 Catarina
26/11 Pedro de Alexandria

2/12 Bibiana

4/12 Bárbara
10/12 Melquíades
13/12 Lúcia
16/12 Eusébio
25/12 Anastácia
26/12 Estêvão, o protomártir
28/12 Santos Inocentes
29/12 Tomás

Plantas e ervas usadas para contatar espíritos malignos: acácia, castanha-d'água, verbasco, heliotrópio de jardim.

Eucalipto, sal, alho, alecrim, loureiro servem para proteção.

Menta, hissopo, ruta, sálvia, milefólio servem para quebrar feitiços ou influências malignas.

24 de janeiro:

Dean faz 21 anos hoje. Eu até lhe compraria uma cerveja, se beber fosse alguma novidade para ele. Meu filho também já tem idade para comprar armas. Tentei criá-lo bem, e acho que consegui. Ele é um filho muito leal, mas também é um golpista e mulherengo. Dean sabe o que é certo e não hesita. Tenho orgulho dele. Agora que está caçando por conta própria, não o vejo muito, mas sei que ele está por aí. Quando ligo para ele pedindo ajuda num trabalho, ele sempre vai. Passei os últimos 16 anos me preocupando se eu o estragaria. Acho que já posso parar.

5 de fevereiro:

NON TIMEBO MALA – gravada na Colt? "Não temerei mal algum."

Agrippa: "O jeito de fazer estes Anéis Mágicos é: quando algum astro subir, com o aspecto favorável ou conjunção com a Lua, é preciso pegar uma pedra e uma erva que estejam sob o astro e fazer um anel usando o metal compatível. Em seguida, é necessário prender nele a pedra, colocando a erva ou a raiz embaixo – sem omitir as inscrições de imagens, nomes e personagens..."

Sob que astro a Colt foi feita? Já que é de ferro, deve ter sido sob Marte. Terça-feira. 27 de outubro, 5 de novembro, 12 de novembro. Davy Crockett iniciou a viagem ao Texas dia 1º de novembro.

28 de fevereiro:

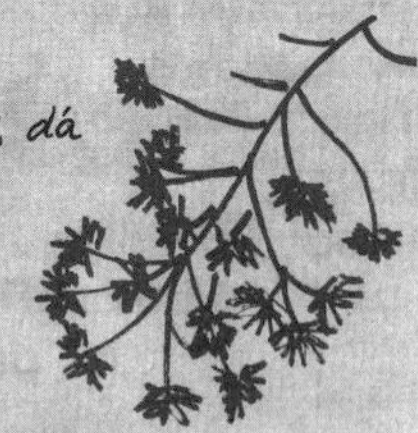

Agrimônia: proteção, reversão. Na infusão, causa sono
Alfarrobeira: quando queimada, repele poltergeists
Alho: sacrificado a Hécate nas encruzilhadas. Protege, dá coragem
Amaranto: flores secas usadas para chamar espíritos, necromancia
Angélica: apotropaica, traz boa sorte
Assa-fétida: usada em exorcismos, atrai lobos

Batata-de-purga: controle
Batônica: purifica
Beladona: ritos funerários, passagem de almas
Buchu: divinação
Craveiro-da-índia: exorcismo, purificação
Erva-de-são-joão: repele demônios, espíritos malignos
Funcho: repele o mal, o imprevisível
Isopo-santo: divinação, invocação

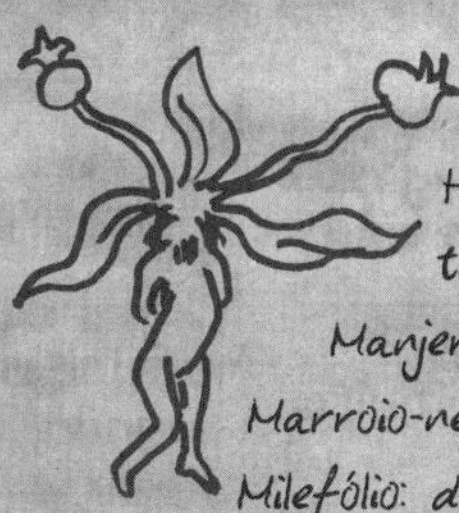

Loureiro: visões, sonhos proféticos
Mandrágora: poderosa devido à forma humanoide. Homúnculos feitos a partir dela. A raiz inteira é protetora na demonologia

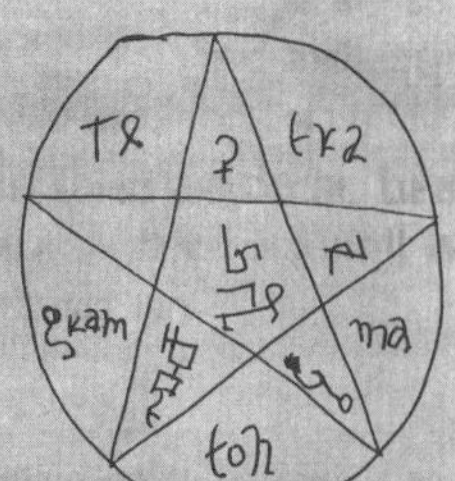

Manjericão: usado em exorcismos
Marroio-negro: proteção durante exorcismo
Milefólio: divinação
Mordida do Diabo: intensificadora, controle
Olíbano: exorcismo, proteção, divinação, equilíbrio
Pimenta de Java: repele demônios
Salgueiro: proteção, divinação
Visco: exorcismo, proteção

30 de abril:

ZUMBIS

GHOUL. Vem de lendas árabes/persas, mora em cemitérios ou lugares desertos. "Ghul" significa literalmente "demônio", mas o ghoul não se comporta da mesma maneira que os demônios judaico-cristãos. Filho de Iblis (o Diabo no islamismo, um gênio que se rebelou contra Alá. Foi-lhe permitido andar pela Terra para testar pessoas, influenciando-as negativamente). Também é o nome de um demônio metamorfo do deserto, frequentemente visto na forma de hiena. Atrai viajantes ao deserto para devorá-los, e também sequestra crianças. Ghouls devoram os mortos, roubam e profanam tumbas.

VETALA. Espírito vampiro do folclore hindu que reanima cadáveres, assombra cemitérios e causa abortos. Se for capturado, consegue prever o futuro e revelar segredos. Só é destruído quando seu funeral completo é realizado.

DRAUGR. Lenda islandesa/viking. Seres mortos-vivos muito fortes capazes de aumentar ou diminuir de tamanho. Fogem do túmulo tornando-se fumaça. Não se sabe se algum traço da personalidade do morto sobrevive no draugr. Não é possível feri-los com armas convencionais, e é preciso jogá-los em seus túmulos. O método para se livrar deles lembra as instruções de como matar vampiros: decapitar, queimar e jogar as cinzas no mar. Alguns draugr (haugbui) ficavam em seus túmulos. Outros, às vezes, saqueavam assentamentos. O draugr está relacionado ao draug, um mito nórdico de um fantasma marítimo que prenunciava a morte. Era o espírito – às vezes corpóreo – de marinheiro que morreu afogado. Uma variante, o gleip, traz má sorte – faz marinheiros escorregarem em pedras molhadas. Os draug podem mudar sua aparência transformando-se em pedras e, dessa forma, é possível que sejam levados como lastro a bordo dos navios. Quando tomam sua forma original, fazem o navio virar. Como um prenúncio de morte, os draug supostamente gritam como as banshee, e às vezes só são vistos por aquele que, em breve, morrerá.

Outro mito da Escandinávia: myling ou utburd (significa "algo que foi expulso"). Em geral são as almas de crianças assassinadas, ou que morreram sem terem sido batizadas. Elas se unem a viajantes durante a noite e exigem que sejam levadas a um cemitério, para que possam descansar, mas vão ficando cada vez mais pesadas à medida que o cemitério se aproxima, até que a pessoa que as está carregando é sugada para debaixo da terra por culpa de seu peso. Ele mata quem não conseguir completar a tarefa.

2 de maio:

Sammy faz 17 anos hoje. Imagino que ele seja o único aluno de 2º ano no país inteiro que tenha lido *A chave de Salomão*, fazendo alguns trechos realmente funcionarem. Dei-lhe um computador novo de presente. Ele quer porque quer um Macintosh. Sammy é um dicionário ambulante de tudo que é oculto e esotérico. Ele puxou muito à mãe. Eu queria muito que houvesse alguma outra maneira de ele saber disso, sem que eu precisasse falar.

15 de maio:

Barrett sobre um livro de espíritos: Este livro, depois de ser concluído, deve ser levado, em uma noite de céu sem nuvens, a um círculo preparado em encruzilhada, de acordo com a ilustração mostrada; lá, em primeiro lugar, é preciso abri-lo e consagrá-lo, da maneira explicada anteriormente. Feito isso, todos os espíritos descritos no livro serão invocados em sua ordem e lugar, conjurando-os três vezes pelos vínculos descritos, e eles devem aparecer naquele lugar dentro de três dias para mostrar e confirmar sua obediência ao livro, a fim de serem consagrados; então é preciso envolver o livro em linho limpo e enterrá-lo no meio do círculo, assegurando-se de que o buraco nunca será encontrado ou descoberto: tendo destruído o círculo depois de invocar os espíritos, vá embora antes do nascer do Sol; no terceiro dia, no meio da noite, retorne e recrie o círculo e, de joelhos, reze a Deus e agradeça-lhe; perfume o local, abra o buraco onde o livro foi enterrado e o retire, mas não abra. Depois de invocar os espíritos na ordem certa e destruir o círculo, deixe o local antes do nascer do Sol.

Escrever o seguinte no círculo duplo que envolve o pentáculo:

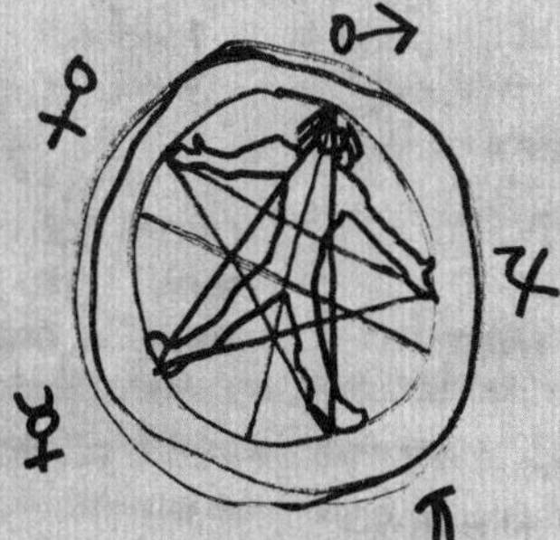

Dez nomes gerais – El, Elohim, Zebaoth, Elion, Escerchie, Adonay, Jah, Tetragrama YHVH, Saday – junto com o versículo adequado para a natureza da conjuração.

Os signos astrológicos dos planetas desejados para fortalecer a invocação ou prisão.

17 de maio:

Hoje completaríamos 22 anos de casamento. A cada ano, quanto mais aprendo sobre se comunicar com os mortos, fica mais difícil não falar com você, Mary. Sonho com isso. Eu tenho que impedir a mim mesmo, pelo menos uma vez por semana, de usar um ritual antigo e trazê-la até mim, mesmo que fosse apenas por alguns minutos, porque me lembro do que houve com o Jim. Acho que eu não conseguiria ver aquilo novamente. Você está viva para mim e não penso em mais nada, senão vingá-la. É assim que tem que ser.

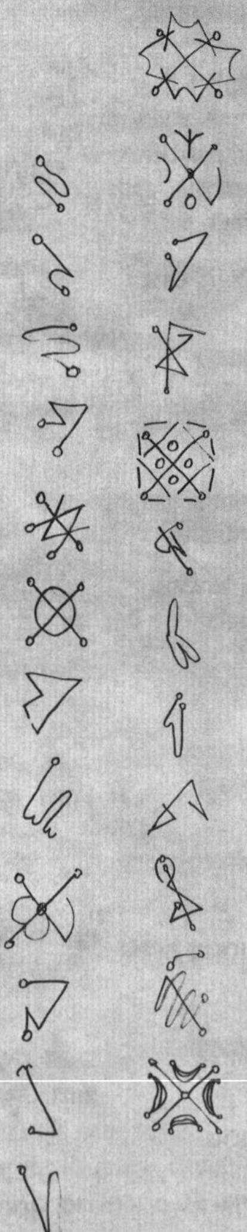

3 de junho:

Piromancia – fogo
Aeromancia – ar, vento
Hidromancia – água corrente
Cartomancia – tarô
Haruspicação – vísceras
Augúrio – canto das aves
Oniromancia – sonhos

Mysmantia, de John Gaule, (1652), menciona outros:

Alfitomancia – farinha
Antinopomancia – vísceras de mulheres e crianças
Aritmomancia – números
Astragalomancia – dados
Astromancia – astros e planetas
Axinomancia – machados
Botanomancia – ervas
Capnomancia – fumaça
Catoptromancia – espelhos
Cefalonomancia – o ferver da cabeça de um burro
Ceromancia – cera derretida
Ciomancia – sombras
Cristalomancia – vidros
Crivomancia – peneiras
Dactilomancia – anéis

Enomancia – vinhos
Esplancnomancia – vísceras
Gastromancia – sons da barriga
Geomancia – terra
Giromancia – círculos
Lampadomancia – velas e lâmpadas
Libanomancia – incenso
Litomancia – pedras
Logaritmancia – logaritmos
Macaromancia – facas ou espadas
Onfalomancia – umbigo
Onicomancia – unhas da mão
Onomatomancia – nomes
Podomancia – pés
Quiromancia – mãos
Sicomancia – figos
Tefromancia – cinzas
Tiromancia – queijo
Roadomancy – constelações

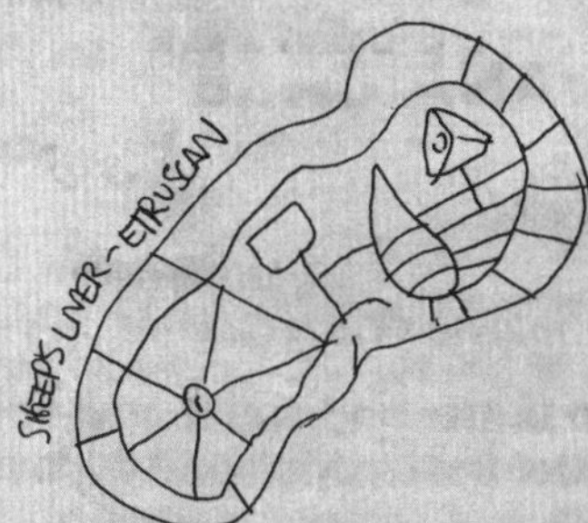

15 de setembro:

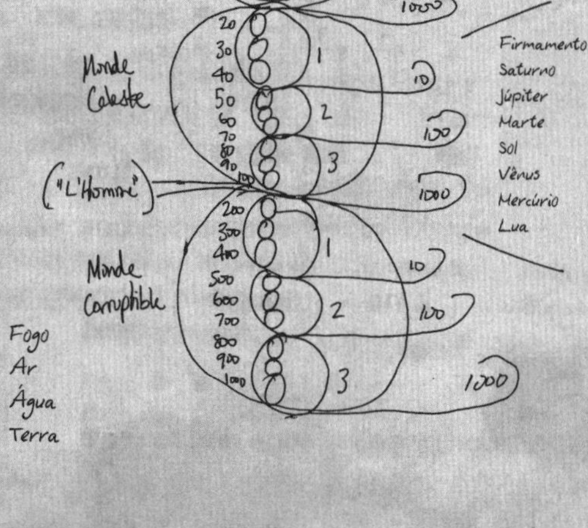

Pico Della Mirandola

Tornado	Sundowner
Furacão	Squamish
Corrente de jato	Chinook
Poeira do Diabo	Diablo
Matanuska	Knik
Santa Ana	Taku

11 de outubro:

EVP (ou Fenômeno da Voz Eletrônica): gravar as vozes dos mortos, às vezes intencionalmente. O propósito não é sempre de comunicação, pode ser só para ouvir. Pelo que me falaram, vale a pena tentar na maioria das assombrações. Se você não conseguir nada, também não perdeu nada, ou então ouve algo que ajuda a identificar o espírito. Há uma coleção de gravações no bar dos Harvelle, mas faz uns... dez anos que não vamos lá.

2 de novembro:

Mary está morta há 17 anos. Ela está nos observando. O tempo não passa no céu.

Ou no inferno?

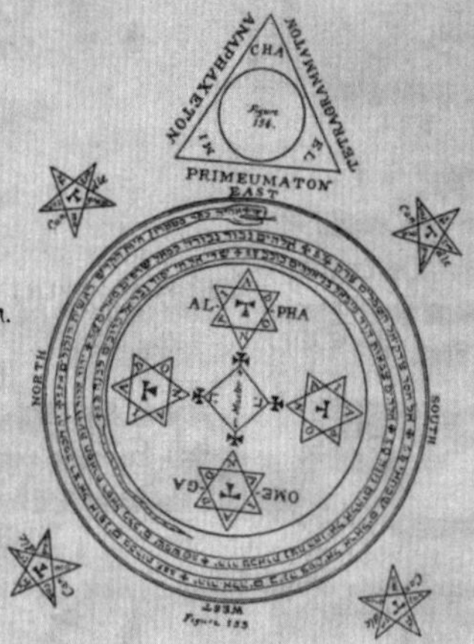

8 de dezembro:

Nomes para o inferno/pós-vida: Hamistagan. Aru. Elísio. Hades. Tártaro. Valhalla, Hel, Niflheim. Sheol, Olam Habá, Gehenna, Shamayim, Raquia, Shehaqim, Machonon, Machon, Zebul, Araboth. Jannah, Firdaws, Pardis, Jahannam, Jahim, Zamharir, Hutamah, Ladza, Saqor. Bardo. Mictlan, Tlalocan. Naraka, Swarga Loka. Diyu, Tian. Duat. Yomi. Xibalba, Metnal. Adilvun, Shobari Waka. Gimokodan, Kalichi. Hetgwauge. Aralu. Anaon. Uffern. Manala.

Alcunhas ou apelidos de Satanás: Pai da Mentira, Príncipe da Escuridão, Demo, Satã, Belzebu, Mefistófeles, O Adversário, Tinhoso, Diabo, Lúcifer, Diabolos, Rex Mundi.

Trítono, quarta aumentada, conhecida como "o diabo na música", no início da Era Medieval. Os compositores evitavam esse intervalo na música sacra. Hoje em dia, toda bandinha de heavy metal adora usá-lo.

EXORCISTAS E EXORCISMOS PROLIFERAM NOS EUA

Arquidiocese de NY investiga mais de 40 por ano

Exorcismos improvisados matam vítimas

2001

24 de janeiro:

Parabéns pelos seus 22 anos, Dean. Espero que esteja gostando do Arkansas.

18 de março:

Palhaço Memento Mori. Malandro? Loki. Coiote, Corvo, Heyoka, Nanabozho, Azeban, Mannegishi, Wisakedjak, Amaguq. Sosruko. Puck. Exu, Anasi. Bamapana. Sun Wokung. Reynard, Till Eulenspiegel. Irmão Coelho, Pernalonga. Não é sempre diversão, o malandro é equilibrado: As travessuras podem ser mortais, porque ele opera fora das normas sociais e, então, não há tabus. Pode mudar de sexo, de forma e criar caos. Estão associados aos palhaços das histórias da tribo ute, os siats, monstros-palhaços que devoravam crianças. A versão feminina, bapet, amamentava com sangue venenoso. A versão oriental se chama Hagondes.

Fearsome Critters – folclore dos lenhadores. Albotritch, Argopelter, Augerino, Axhandle Hound, Ball-tailed Cat, Bed Cat, Billdad, Cactus Cat, Camp Chipmunk, Central American Whintosser, Clubtailed Glyptodont, Columbia River Sand Squink, Come-at-a-Body, Cougar-Fish, Cuba, Dew-Mink Ding Ball, Dismal Sauger, Dungaven-Hooter, Flibbertigibbet, Flitterick, Funeral Mountain Terrashot, Gazerium, Giddy Fish, Glawackus, Goofang, Goofus Bird, Gumberoo, Guascutus, Hang-down, Hapuy Auger, Hidebehind, Hodag, Hoop Snake, Hugag, Humility, Hymampom Hog Bear, Jayhawk, Kankagee, Kickle Snifter, Leporcaun, Log Gar, Lucive, Luferlang, Milamo Bird, Moskitto, Mountain Rabbit, Mugwump, Philamallo Bird, Pigwiggen, Pinnacle Grouse, Prock Gwinter, Rachet Owl, Roperite, Rubberado, Rumptifusel, Sandhill Perch, Santer, Screbonil, Shagamaw, Shmoo, Slide-rock Bolter, Sliver Cat, Snipe, Snoligoster, Snow Snake, Snow Wasset Snydae, Splinter Cat, Squonk, Swamp Auger, Teakettler, Tote-Road, Treesqueak, Tripoderoo, Upland Trout, Wampus Cat, Wapaloosie, Whang Doodle,

Whappernocker, Whiffenpuff, Whifflepuufle, Whirligig Fish, Whiling Wimpus, Wiggle-Whiffit, Will-Am-Alone, Windigo, Wunk.

Hoop-snake: urobóro

Wendigo

Flibbertigibbet: denomina bruxas, é o nome de um demônio em Rei Lear, talvez outro nome para Puck.

2 de maio:

Sammy faz 18 anos hoje. Fico surpreso por ele ainda não ter ido embora, pois não estamos nos dando bem. Quando há necessidade, ele caça, mas não se compromete igual ao Dean. O irmão mais velho nunca conheceu nenhum outro jeito de viver, ou, se conheceu, não deixa transparecer. Ele interpreta o papel para o qual nasceu. Sammy é o irmão mais novo e não ainda sabe qual é o papel dele, apesar de eu explicar até ficar sem ar e quase nos matarmos. Só falta mais um ano no colégio e, depois, vou fazê-lo participar nos negócios da família em tempo integral. Fui bem tolerante, muito mais do que com o Dean e muito mais do que o meu pai foi comigo. Sammy precisava, mas agora ele é um adulto, ou quase isso, e é a hora de fazer o que se espera dele. Dean nunca pensou em fazer faculdade, até brincávamos sobre isso de vez em quando. Já Sammy ainda acredita que pode ter uma vida normal. Eles serão mais úteis ao mundo como caçadores do que como... sei lá, advogados? Dentistas? Sammy está convencido de que gente esperta faz faculdade. Parte do meu trabalho é convencê-lo de que isso seria um desperdício de inteligência. E ele é bem esperto (tenho de admitir) e não há nada que ele não encontre no computador. Eu ainda vasculho livros, bibliotecas, jornais. Com Sammy, só existem sites de busca e teclado. Ele fez um ótimo trabalho para esconder as nossas pistas em todos os cartões de crédito.

4 de maio:

23rd, 2510, Boulder, CO 40° 01' N 105° 17' O

Sherman, 1223, Ypsilanti, MI 42° 14' N 83° 37' O

Harmon, 21, Portland, ME 43° 39' N 70° 16' O

E. 20th, 505, New York 40° 43' N 74° 00' O

La Cueva, perto de Mesilla, Novo México. Ermitão com poderes de cura vivia nessa caverna. Ele foi assassinado e encontrado crucificado, vestindo uma cinta de espinhos. O caso não foi solucionado, mas dizem que o fantasma dele aparece nas noites de sexta-feira, durante o pôr do Sol.

17 de maio:

Hoje completaríamos 23 anos de casamento. Agora estamos realmente em um século novo, e eu ainda estou na caçada. Estou mais próximo? Bobby me deixou com a pulga atrás da orelha.

Admitir que demônios existem pode não ser o mesmo que acreditar nisso — especialmente porque nem eles mesmos acreditam. Mesmo não sendo demônios, se eles acharem que são — ou seja, se forem algum tipo de espírito que acredita ser demônio —, irão agir da mesma maneira.

Em outras palavras, mesmo que demônios não sejam reais, se houver espíritos malignos que acreditam ser demônios e agem como tal, eles deverão ser combatidos como demônios. Tem a ver com a manifestação física, criada através da crença...?

Muito complicado para mim. Ou existem ou não.

Outro Selo de Salmoão:

20 de junho:

John Dee. 1527-1608. Escolheu a data de coroação da Rainha Elizabeth, assinava suas cartas a ela com 007. Conheceu Mercator, Tycho Brahe. Propaedeumata aphoristica, 1558. Quinque libri mysteriorum. monas hieroglyphica, 1564. Língua e alfabeto enoquianos. Tentou sincretizar tradições herméticas, pitagóricas e cristãs e a crença cabalística de que os números eram a base da realidade e do entendimento. A lápide desapareceu depois de sua morte.

18 de julho:

Enoque é um dos focos de loucura da tradição judaico-cristã. Supostamente levado ao Paraíso com 365 anos, foi transformado no anjo Metatron (na tradição islâmica, se chama Idris). Em histórias pré-judaicas, Enoque é um dos anjos que ensinaram aos homens as primeiras ciências e o funcionamento das coisas. Enoque é um gigante — filho dos anjos caídos? Nefilim? Tataravô de Noé. Trouxe a escrita e as artes, portanto é considerado o pai da linguagem. Dee viu isso e tentou recuperar a língua enoquiana original.

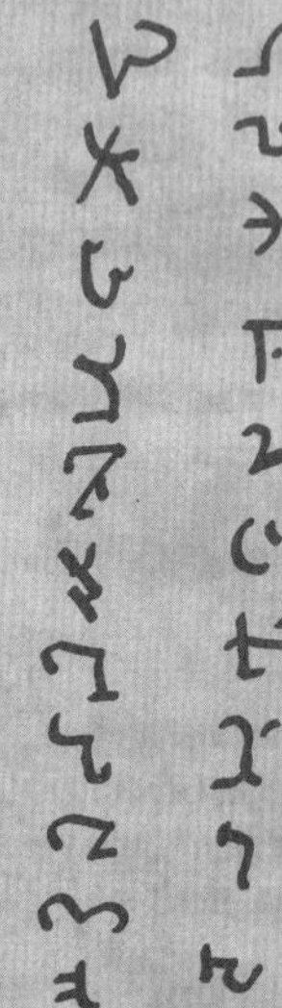

Só lunáticos acreditam em anjos. Mesmo assim, escrevi tudo de esotérico que encontrei para servir como pista. Se alguém ler este diário sem me conhecer, vai me achar louco.

11 de setembro:

Estou chocado. 11 é o número do pecado. Justamente entre a perfeição do 10 — número de dedos — e a santidade do 12 — signos zodiacais, apóstolos, número de horas do dia e da noite. Não acredito que religiosos lunáticos armados de estiletes poderiam ter feito algo assim, deve haver algum outro motivo. Falei no telefone com todos os caçadores que conheço, e é unânime. Todos acham que foi obra de demônios. Ninguém tem detalhes, mas todos concordam que há algo mais por trás disso. Vou a Nova York investigar. Vou encontrar alguns caras lá.

Terça-feira. Marte.

Festa de Proto e Jacinto. Foram martirizados na época de Valeriano. Morreram queimados. Valeriana de jardim é usada em rituais para contatar espíritos vingativos, demônios. Há peças aqui que não consigo juntar.

15 de setembro:

Meu Deus, os espíritos em Shanksville. A história é mentira.

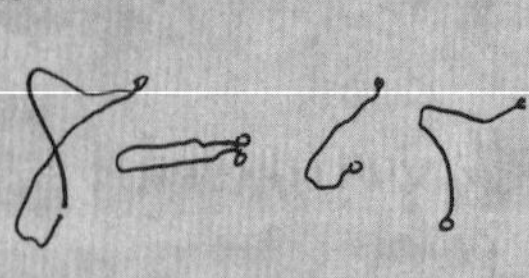

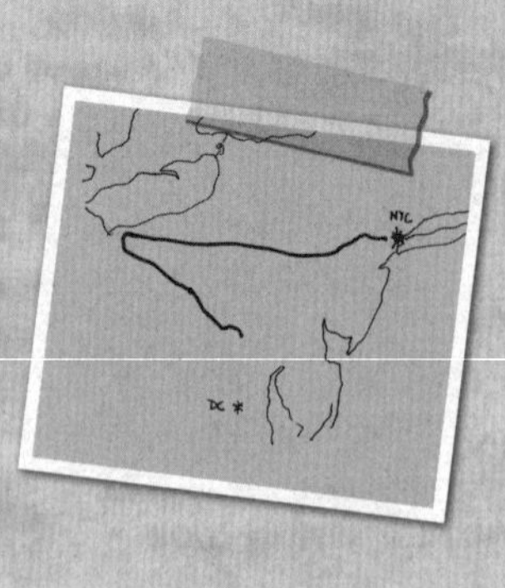

Estou atrás de sigils que pareçam os dois abaixo:

2 de novembro:

18 anos.

19 de dezembro:

Boyd Sanatorium, Novo México. Boyd construiu para tratar sua esposa, mas ele mesmo enlouqueceu e começou a fazer experimentos com os pacientes. O lugar está repleto de espíritos.

INVENTÁRIO
Curse Box – pé de coelho
Carta de Samuel Colt a um armeiro
Saco com dentes de jacaré
Um monte de livros
Um jarro com um homúnculo morto dentro
Papéis
Colt Peacemaker, inscrições no cano
Fitas cassetes com EVP de Skokie, Brooklyn, Paw Paw, Dalhart, Eko – o Gary está com o resto
Um montão de outras coisas
Anel de Abrasax, bronze, gravação em grego na parte de dentro
Jarro de terra do Portão do Diabo
Molde para fazer balas, 1,5kg de prata pura
Cerca de uma dúzia de simpatias

2002

24 de janeiro:

Dean fez 23 anos hoje. Essa é uma boa idade, não é mais um garoto, mas ainda é jovem o suficiente para sentir-se invencível. Ter 48 não é nada disso.

2 de fevereiro:

Demon's Alley, West Milford, Nova Jersey. Um bairro inteiro de casas abandonadas. Há histórias de massacre, cultos, sacrifícios ritualísticos. Não consegui provar.

3 de março:

Leonardo, Nova Jersey. Casa dos Dempsey. Assassinato/suicídio, corpos queimados em uma caldeira no porão. É assombrada pelos policiais que mataram a família, além da esposa e as crianças. Foi uma tarefa difícil.

8 de março:

Hoje, Sam disse a mim e a Dean que vai estudar em Stanford. Respondi que, se ele for, é melhor que fique longe de nós. Acho que Dean teria dado um soco nele se eu não tivesse mantido a calma. Quase não aguentei, mas ainda estou pensando no que fazer a respeito. Não podemos tolerar ninguém desistindo. Somos melhores trabalhando em equipe. Eu e Dean protegemos o Sammy todo esse tempo. Pode ser que eu tenha sido muito tolerante com ele. Disciplina dava certo com Dean porque ele acreditava na nossa missão. Achei que, sendo mais leve com Sammy, o deixaria encontrar uma forma de dedicar-se do mesmo modo do irmão. Não deu certo. Ele é um aluno nota 10, um gênio do computador... Acho que ele se tornou um fracote. Por quantas situações de risco nós passamos desde que ele era bebê? E agora ele decidiu ir para a faculdade? Pode ir para o inferno, isso, sim.

29 de março:

Missouri me ligou. A Stull Church foi derrubada ontem à noite, mas não se sabe quem foi. A construção já estava frágil, mas ainda assim imagino se tem a ver com... se tiver, por que agora? Não há nada de especial na data, nem nada acontecendo por lá (que eu saiba). Os espíritos vão continuar na região. Eles não ligam para o prédio. O que quer que substitua a igreja terá uma atmosfera ruim. Será que destruíram a fundação? O que será que havia lá?

10 de abril:

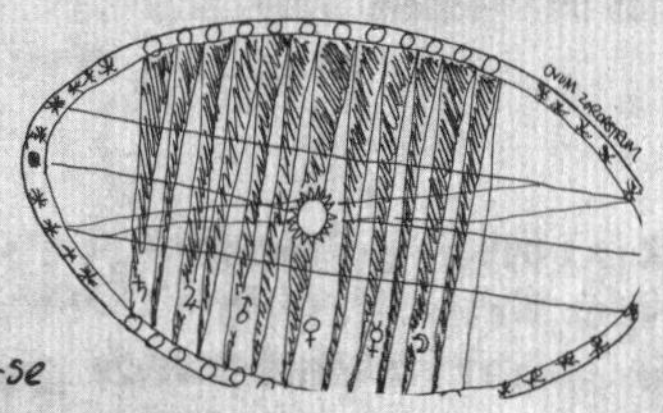

Daevas: criaturas/demônios da tradição zoroastrista. Foram caracterizados como falsos deuses, depois como demônios da desordem e do caos. Recentemente, acreditava-se que eram encarnações do mal. O Avesta os coloca em oposição aos deuses da luz? Daevas com nomes: Angra Mainyu (que depois passou a se chamar "Ahriman"), Sarva, Indra, Nanghaithya, Tauru, Zairi, Nasu. Há outro demônio: Paitisha. Os daevas são vulneráveis ao fogo e são atraídos aos processos físicos do corpo humano. Pode-se atraí-los ao conversar durante as refeições. As tradições do zoroastrismo medieval mandavam evitar comer depois de escurecer, já que os daevas ficavam livres a essa hora. Segundo o Livro de Arda Wiraf, eles se espalham pela Terra à noite, causando destruição – tanto pessoal, quanto em larga escala. Os Daevas às vezes são culpados por desastres naturais noturnos. De vez em quando, recebem características como as dos íncubos. Há aproximadamente 36 Daevas nomeados nos textos zoroastristas, e há mais ainda, aos quais só se referem.

2 de maio:

O Sammy completa 19 anos hoje. Ele tem decisões a tomar.

17 de maio:

Hoje completaríamos 24 anos de casamento. O que eu lhe daria de presente, Mary? Um relógio, por causa das 24 horas de um dia? Um Tanakh, que tem 24 livros? Uma joia de 24 quilates? Só com 50 anos de casamento eu lhe daria ouro. Estou ficando bêbado demais para continuar bolando presentes.

13 de junho:

Sam se formou. Ele não foi à cerimônia. Acho que ele ainda está com raiva por ter levado um ano a mais que os outros. O que você queria que eu fizesse, Sammy? Queria ter ficado em Lawrence, para que o monstro que matou a sua mãe voltasse para matá-lo? Deveríamos ter dado uma de bobos, apesar de uma guerra ter sido declarada contra nós? Quanto tempo teríamos sobrevivido assim?

30 de julho:

Estou em Hibbing County, Minnesota — este condado tem mais desaparecidos *per capita* do que qualquer outro lugar no estado inteiro. Poucos casos foram solucionados. Há gente aqui que fala de um "agressor fantasma". Será que Hibbing é um local para caçar? Por que há tantos desaparecimentos? Alguns ocorreram há várias gerações. Conversei com alguns habitantes, e eles me falaram de boatos sobre uma figura negra que aparece à noite, sequestra uma vítima e desaparece. Não há vestígios dos sequestrados. Algumas pessoas escutam sons estranhos perto do local onde a pessoa é capturada. Será só uma lenda local ou algum tipo de fantasma? (Como o Jack Calcanhar de Mola etc.?)

Pessoas desaparecidas:

Data Nome

1899 Jay Robins / Mike McCarthy

1899 Campbell Watson / Randy Holden

1900 Jonathan Ducette / Avo Liva

1900 Ross Framo / Ed Daniels

Arquivos perdidos – incêndio.

1985 Tom Chen / Lawrence Lau

1986 Chris Thompson / John Crockett

1987 George Nidas / Ruth Elkie

1988 Jojo MacDowall / Maria Waterman

1989 Bren Moore / Vítima desconhecida

1990 Kelly Bruhm / Brenda Knight

1991 Joanne Riley / Norm Collins

1992 Harvey Fedor / Charlie Schultz

1993 Dave Riopel / Gizelle Fredette

1994 Paul Thompson / Tracey Tyerman

1995 Milhan Dance / David Neveux

1996 Tony Beck / Don Tupper

1997 Diane Grieve / Nancy Carron

1998 Yale Kussin / Lesley Dehaan

1999 Selena Schrier / Angela Will

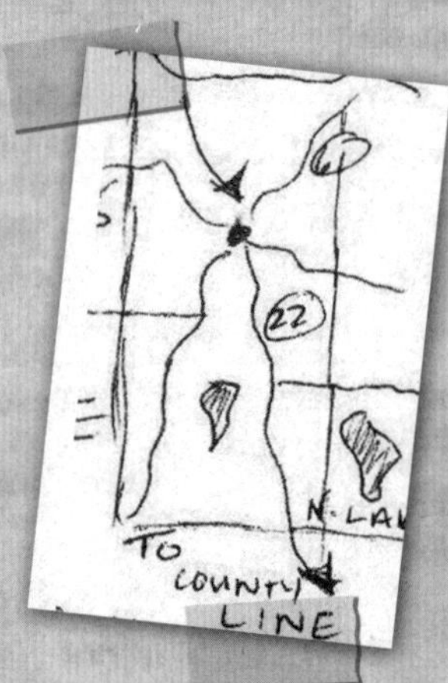

2000 Johanne Cook / Vicki Egilsson
2001 Deb Tonin / Terry Wanek

As pessoas falam sobre isso por aqui, mas ninguém sabe de nada. Dá para ver que estão com medo. A polícia não tem nenhuma pista, pois nenhum corpo jamais foi encontrado. Falei com um policial e nenhum dos casos foi solucionado. Deve ser algum tipo de agressor fantasma, tenho quase certeza. O folclore local é similar à história do Jack Calcanhar de Mola, por exemplo. Em Londres, ele aterrorizou as pessoas a partir de 1837... uma pessoa de capa, que expirava um fogo azul esbranquiçado, foi vista. Suas vítimas eram mulheres, em sua maioria. Nunca foi solucionado, e ainda é um mistério. Outras lendas desse tipo incluem Nain Rouge, o Homem-Mariposa e agressores fantasmas. Há semelhanças em relação ao monstro de Hibbing.

31 de agosto:

Sam foi embora. Falei que, se ele fosse nos deixar, que fosse para sempre. Falei sério.

2 de novembro:

A Mary está morta há 19 anos. Não consegui manter a família unida, Mary. Sinto muito. O Sam foi embora porque é um teimoso e eu não consegui fazê-lo entender como essa missão é importante para todos. Agora, Dean me disse que não fala mais com ele, e isso acaba comigo. Não aguento pensar que os meninos estão separados. Tomar decisões sozinho é uma coisa. Sou o pai, então mando na família. Talvez seja o meu lado fuzileiro naval falando, e pode não ser o melhor a se fazer o tempo todo, mas chegamos até aqui. Estou me questionando. Irmãos têm que se manter unidos.

2003

24 de janeiro:

Dean faz 24 anos hoje. Eu tinha essa idade quando me casei. Sinto muito, filhão. Todo menino precisa ser independente da mãe, e você só vai conseguir isso depois que matarmos uma entidade sobrenatural que precisa muito morrer. E, então, estaremos livres do fantasma da sua mãe. Poderemos ter vidas normais. Talvez não. Talvez tenhamos sido caçadores há tempo demais.

Descansem em paz novamente, 01/02/2003

Anderson
Chawla
Brown
Clark
Husband
McCool
Raymond

20 de março:

Guerras e boatos de guerras.

Tigelas de encantamento, babilônias encontradas com o rosto para baixo, ou umas coladas nas outras. Dentro, havia fragmentos de crânios, cascas de ovo com inscrições. Nas tigelas, havia feitiços persas, símbolos de uróboros, demônios presos, figuras humanas se libertando de influência demoníaca. A tigela era colocada nos cantos dos quartos para capturar demônios, porque se acreditava que eles entravam pelos cantos. Pode ser usada para guiar demônios agressivamente a um adversário. As tigelas são enterradas em cemitérios ou na propriedade da vítima.

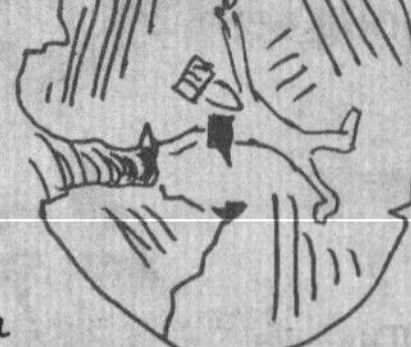

2 de maio:

Sammy faz 20 anos hoje. Ele está na Califórnia. O Dean e eu estamos fazendo as malas para sairmos de Athens, Ohio, que, desde a manhã de hoje, não tem mais casas de irmandades mal-assombradas. Escutei Dean falando com Sam no telefone mais cedo, mas ele não me contou nada. Não posso nem tentar falar sobre isso com Dean, especialmente por causa do humor em que está. Ele se sente ótimo depois de uma caçada, como se matar fosse a coisa mais fantástica do mundo. Hoje não dá para falar com ele. Se eu não o conhecesse bem, diria que era por causa de uma garota, mas ficamos aqui só por algumas semanas. Não é do feitio dele se apaixonar tão rápido assim. Ele passou muito tempo com uma repórter — acho que era repórter — muito bonita. Pode ser qualquer coisa. É difícil dizer como ele está reagindo à saída do Sam. O Dean é igual a mim. Ele não fala, ele age, nós agimos.

17 de maio:

Hoje completaríamos 25 anos de casamento. São bodas de prata. Prata é associada à Lua na alquimia — deve ser por isso que balas de prata matam lobisomens.

13 de junho:

Dean soube de uma súcubo no Brooklyn através do Richie. Ele saiu daqui como se tivesse algo pessoal contra ela. Tenho cada vez mais certeza de que se meteu em problemas com uma garota em Ohio, então todos os espíritos e demônios femininos na América do Norte vão sofrer por causa disso. Espero que ele não perca a cabeça.

30 de julho:

A US Route 491 foi renomeada hoje. Era antes conhecida como Route 666, a Rodovia do Diabo. Um pajé navajo fez uma cerimônia para remover a maldição. Por que os navajos se importam com o Número da Besta? Vou ter que ir lá novamente para descobrir. Será que os cães negros vão embora da rodovia agora? Será que eles eram manifestações de pensamento, conjuradas pelas pessoas que faziam conexão entre o número e o Diabo? Era por causa do nome da rodovia? Eles eram reais?

9 de outubro:

Em Kittanning, Pensilvânia. *Poltergeist* em um *playground* construído sobre um antigo cemitério. Que lugar idiota para se construir um *playground*. Já é a sexta ou sétima vez que lido com um *poltergeist*, o suficiente para saber que a teoria psicocinética em relação a meninas na puberdade é besteira pura. Geralmente eu não faço isso, mas fiquei amigo de um dos habitantes, Jerry Panowski. Um dos filhos dele já foi atacado algumas vezes. Por algum motivo, é fácil conversar com o Jerry. A maioria das pessoas que você conhece ou não querem saber de nada em relação ao sobrenatural ou o culpam por terem levado a criatura até elas. Jerry não é assim, ele entende, eu acho. Talvez entenda até melhor que eu. Ainda estou em conflito com relação ao Sam. Não acho que eu tenha feito nada errado, mas não quero vê-lo sozinho e vulnerável. Passei por Palo Alto meia dúzia de vezes no último ano, só para saber se ele está bem. Eu dou uma olhada no lugar, vejo se há algum sinal de coisas estranhas acontecendo. Ele é meu filho, não posso abandoná-lo, mas também não posso voltar atrás no que disse. Você não deixa de amar um filho, mas você não pode deixar o amor cegá-lo do que é certo.

27 de outubro:

Lendo sobre o Samhain, encontrei uma criatura chamada puca. Parece ser uma prima distante do Wild Hunt (também a fonte do personagem Puck?). Na versão de Quebec, *chasse-galerie*, um lenhador azarado é levado para andar em uma canoa amaldiçoada com o Diabo. Os cavaleiros da Wild Hunt recrutam testemunhas acidentais para se juntarem a eles, e algumas são proibidas de ir embora. Frequentemente há um aviso para não ir embora até que certo evento tenha se passado, e o novo cavaleiro percebe que séculos já se passaram. (Isso é típico de visitas às terras das fadas, onde o tempo não passa da mesma maneira... ver também histórias sobre a *kitsune*, no Japão.)

Talvez a puca viaje pelo tempo com os cavaleiros...? Para o mundo dos mortos? Diz-se que a puca é capaz de responder perguntas, principalmente no dia 1º de novembro. Quero saber mais sobre isso. Criaturas com habilidades assim têm *respostas*, e *respostas* é exatamente o que preciso.

2 de novembro:

A Mary está morta há 20 anos. Passei a data na *Winchester Mystery House*. Depois de investigar, encontrei uma ligação familiar distante: algum tio-bisavô e os filhos dele. Genealogia não é o meu forte. A casa foi construída depois que Sarah Winchester foi aconselhada por um médium, ao perder o marido e a filha. Ele disse que a família era assombrada porque as armas *Winchester* matavam muitas pessoas. Sarah tinha que construir uma casa pra distrair e capturar os espíritos. Ela tinha de continuar construindo até morrer. Ela comprou 65 hectares, começou a construção em 1882 e só parou quando morreu em 1922. As obras não paravam. A casa tinha sete andares até 1906, quando um terremoto acabou com um pedaço. Agora só tem quatro andares, aproximadamente 160 quartos, mas ninguém tem certeza. Há escadas que não levam a lugar algum, portas que abrem sem ter nada do outro lado, corredores sem saída e várias passagens secretas. Não há planta nem plano de projeto. Sarah dizia aos trabalhadores o que ela queria diariamente, desenhando em guardanapos ou pedaços de papel. Alguns deles ainda existem.

O número 13 está em todo o lugar. treze palmeiras na frente da casa, fileiras com 13 ganchos de parede, vitrais personalizados da Tiffany com 13 pedras. Nos lustres, cabem 13 velas. Tema de teia de aranha — ela achou que trazia sorte. Da história de São Félix (sortudo)?

South Winchester Boulevard, número 525. Múltiplo de 5. 25 vezes 21. Números interessantes. Sarah escolheu esse endereço por um motivo. Os múltiplos de 5 são fortes, e 21 (3x7) é poderoso na numerologia. Além disso, os algarismos somados dão 12, que é simétrico.

Vi um *valknut*, refeito com luas crescentes. É um antigo símbolo *viking* relacionado aos poderes do Odin sobre a mente, tornando-se um símbolo da Trindade na Europa medieval. Também tem a ver com o simbolismo da Lua.

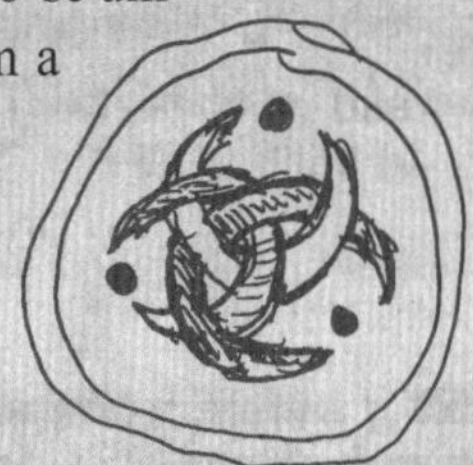

Essa saga dos Winchester é interessante se contrastada à história da Colt. Será que Samuel Colt sofria com assombrações?

2004

24 de janeiro:

Dean faz 25 anos hoje. Hoje de manhã, houve uma reportagem sobre um vampiro *strigoi*, na CNN. O cadáver foi exumado na Romênia e seu coração foi queimado há menos de um mês.

18 de fevereiro:

Receita maligna de um *houngan* em New Iberia: junte vinagre podre, galha de boi e sassafrás com pimenta vermelha e escreva nomes, um de frente para o outro, em garrafas. Agite-a pela manhã durante nove dias e diga o que quer que ela faça. Para matar a vítima, vire a garrafa de cabeça para baixo e enterre-a, deixando apenas o pescoço para fora.

2 de abril:

Black Angel, Iowa City. Oakland Cemetery. Grávidas sofrem abortos. Encostar pode ser fatal, andar por baixo das asas.

2 de maio:

Sammy faz 21 anos hoje. Que ele fique muito bêbado, como os universitários. Semana passada, passei por lá mais uma vez para ver como ele estava. Sammy está de namorada nova.

12 de maio:

EXORCISMOS PRESENCIADOS 2002-2004

Sheila Farragut
Pedro dos Santos
Philip Kreuzweiler
Ann Stone
Miranda Everett
Gautam Verma

Zeke Halliday
Belinda McAllister
Ken Giang

Exorcismo deprecativo. Não envolve comando direto ao demônio que possui a vítima, então pode ser feito por leigos. Pode-se usar o Pai-Nosso, mas a seguinte reza é recomendada:

Sancte Michael Archangele, defende nos in proelio contra nequitiam et insidias diaboli esto præsidium. Imperet illi Deus, supplices deprecamur: tuque, princeps militiæ cælestis, Satanam aliosque spiritus malignos, qui ad perditionem animarum pervagantur in mundo, divina virtute. In infernum detrude. Amen.

Exorcismo imprecativo. Só deve ser feito por um padre, se possível. Caso contrário, pode haver resultados imprevistos. Fazer o sinal da cruz quando aparecer X na reza. Dizem que funciona tão bem quanto o Rituale Romanum, se não melhor.

Exorcizo te, omnis spiritus immunde, in nomine Dei (X) Patris omnipotentis, et in nomine Jesu (X) Christi Filii ejus, Domini et Judicis nostri, et in virtute Spiritus (X) Sancti, ut descedas ab hoc plasmate Dei (nome), quod Dominus noster ad templum sanctum suum vocare dignatus est, ut fiat templum Dei vivi, et Spiritus Sanctus habitet in eo. Per eumdem Christum Dominum nostrum, qui venturus est judicare vivos et mortuos, et saeculum per ignem.

Molhar as pontas dos dedos com saliva e tocar nas orelhas e narinas do possuído.

Ephpheta, quod est, Adaperire.

In odorem suavitatis. Tu autem effugare, diabole; appropinquabit enim judicium Dei.

17 de maio:

Hoje completaríamos 26 anos de casamento. Dois dias atrás, Bobby me ligou e foi como ganhar adiantado um presente ruim. Foi uma conversa longa e, no final, eu estava crente na existência de demônios, porque depois de 21 anos, pode ser que tenhamos conseguido uma pista real do que houve com a Mary. Tudo que já vi e que considerei como se fosse algum outro fenômeno... *Maldição.* Eu deveria ter acreditado esse tempo todo. Será que eu estaria mais perto? Preciso compensar anos perdidos. Por um tempo, achei que pudesse ser obra da Lilith, mas agora sei que não poderia ser.

Ainda não contei ao Dean. Não posso arriscar, porque ele pode querer fazer algo para o qual não está preparado. Já perdi a Mary e o Sam. Não posso perder o Dean também.

3 de outubro:

Sibly: Dizem que a forma e a natureza dos espíritos precisam ser consideradas de acordo com a força de cada grupo ao qual pertence; alguns, seres de natureza divina e celestial, não estão sujeitos às conjurações e aos encantamentos abomináveis de homens perversos; enquanto outros, de natureza diabólica e infernal, não só estão sempre prontos para se tornarem servos de exorcistas e magos, mas também estão sempre atrás de oportunidades para agirem sobre afeições maléficas na mente e controlarem aqueles de inclinações perversas para realizar atos malévolos e viciosos.

Quando espíritos infernais são instigados, frequentemente atemorizam homens com visões noturnas; fazem melancólicos se suicidarem; tentam bêbados e incendiários a queimarem casas, para matar aqueles que lá residem e atrair servos descuidados e outros a um sono sadio e imprudente; esses acidentes azarados podem acontecer de inúmeras maneiras, pois os espíritos malévolos, através de instigações maliciosas ou estratagemas secretos, têm o desejo de acabar com o domínio dos mortais e destruí-los; especialmente quando o trabalho a ser feito pelo Diabo é muito difícil para sua natureza espiritual e sutil, porque ele pertence à mesma fonte ou ao mesmo princípio a que esses espíritos dúbios pertencem mais imediatamente.

2 de novembro:

A Mary está morta há 21 anos. Finalmente estou chegando mais perto. Se foi um demônio que a matou — e eu acho que foi —, vou descobrir qual. Depois farei com que sofra.

Sibly falando sobre demônios:

A tristeza deles é inquestionavelmente grande e infinita; mas não o é sob o efeito de chamas; o corpo deles é capaz de atravessar madeira, ferro, pedra e todos os outros materiais terrestres.

Nem todo o fogo ou combustível do mundo é capaz de feri-los; porque rapidamente eles os atravessam.

Veremos.

23 de novembro:

Ainda estou atrás da Colt. Ela está em algum lugar. Parece que um caçador está com ela, mas ninguém que eu conheço me diz seu nome. Alguém a está escondendo. Por quê? Se eu a tivesse, só precisaria de uma bala. Uma arma que mata qualquer coisa... uma bala, para o demônio que matou a Mary. E, então, eu poderia abandonar todas as minhas armas e descansar.

7 de dezembro:

DEMÔNIOS QUE USAM FOGO OU QUE ESTÃO SOB SÍMBOLOS DE FOGO

Amon. É sétimo no ranking de espíritos do inferno. "Tem a forma de um lobo com a cauda de uma serpente, cuspindo chamas." Não há nada sobre ele no Testamento de Salomão.

Aim. Vigésimo terceiro espírito. Tem três cabeças, cavalga uma cobra e "carrega uma marca de fogo, com a qual incendeia cidades, castelos e grandes lugares."

Asmodeus. Trigésimo segundo espírito. "Senta-se em um dragão infernal" e cospe fogo. No Testamento de Salomão, ele diz que não pode ser forçado a falar a verdade. "Mas como poderei responder-te, se és filho do homem? Eu nasci da semente de um anjo em uma filha do homem, então nenhuma palavra que alguém de estirpe divina falar a um terreno será imoderada." Odeia água. De acordo com Weyer, o anel do conjurador pode forçar Asmodeus a falar a verdade.

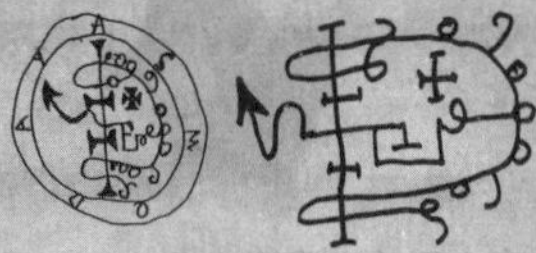

Amy/Avnas. Quinquagésimo oitavo espírito, "aparece no início com a forma de uma chama flamejante". Toma forma humana e revela segredos e tesouros protegidos por espíritos.

Presenteia com espíritos familiares.

Haures/Flauros. Sexagésimo quarto espírito. "Ele assume uma forma humana com olhos flamejantes... Ele destrói e queima os inimigos do exorcista se ele assim desejar." Também é um bom enganador se não ficar preso na armadilha. Falará do Céu, do inferno e da Queda.

Marchosias. Um lobo com asas de grifo que cospe fogo. Toma forma humana. Dá respostas verdadeiras.

Balam. Tem três cabeças e olhos flamejantes. Cavalga um urso. Pode tornar qualquer coisa invisível. "É da ordem de dominações", segundo Weyer.

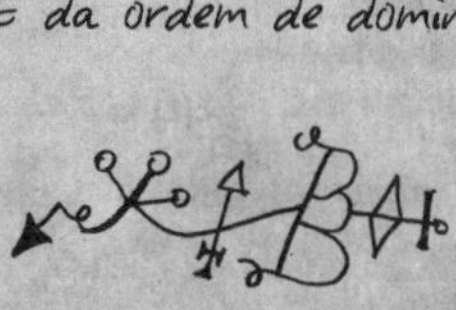

Alloces. Um soldado montado em um cavalo. Seu rosto é avermelhado, e ele tem olhos flamejantes. Presenteia com espíritos familiares.

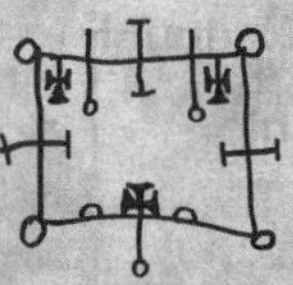

31 de dezembro:

Invocação, Ars Goetia:

Eu te invoco e te conjuro, espírito de N., e estou armado com Majestade suprema, e eu comando em força, por Beralanensis, por Baldachiensis, por Paumachiae, e por Apologiae sedes; pelos príncipes, pelos gênios, pelos linches e pelos poderosos ministros da câmara do Tártaro; e pelo príncipe maior que se assenta no trono de Apologia da nona legião, eu te invoco e conjuro. Eu te comando em força, por Aquele que decreta e está feito, por todos os nomes de Deus: Adonai, El, Elohim, Elohe, Zebeoth, Elion, Escerchie, Eskerie, Jah, Tetragrama YHVH, Saday, que N. venha até mim, diante deste círculo e apareça manifestando-se em forma humana, isento de deformidade ou malícia, e sem atraso, de qualquer parte da terra onde estejas ou onde se encontre vosso reino, e trazei respostas inteligíveis às minhas dúvidas. Apareça, afável e visivelmente, agora e sem atraso, conforme a minha vontade. Conjurado pelo nome do DEUS VIVO e VERDADEIRO, HELIOREN, teu rei, que manda em tu, portanto cumpre tu os meus comandos, e persiste neles, aparecendo visivelmente e afavelmente, falando com voz livre e inteligível, sem nenhuma ambiguidade. E pelo Nome Inefável, TETRAGRAMMATON IEHOVAH, supremo senhor dos elementos, cuja pronúncia agita o Ar e enfurece os Mares, extingue o Fogo e treme a terra e todos os anfitriões celestiais, terrestres e infernais são afligidos e confundidos. Portanto vinde, prontamente e sem atraso, afável e visivelmente, agora e sem atraso, falando com voz livre e inteligível, sem nenhuma ambiguidade. Vinde em nome de Adonay Zebeoth; Adonay, Amireont, por que ficas? Apressa-te: Adonay Saday, o rei dos reinos, está mandando.

2005

1º de janeiro:

Estou com 50 anos, e Mary está morta há 22. Só a conheci por sete anos. A cada ano que se passa, esses dois números ficam mais distantes, porque só um deles muda. Este ano vou encontrar quem a matou. Este ano vou chegar ao final da jornada e superá-la. Dean faz 26 anos daqui a três semanas. Quando eu tinha essa idade, já tinha passado dois anos como soldado. O Dean foi um soldado a vida inteira. Nessa época, eu já estava casado há dois anos e tinha um filho pequeno. Dean nunca teve um relacionamento que tenha durado mais que algumas semanas. Impedi que ele se tornasse pai.

Quando Sammy fizer 26 anos, juro que isso já terá acabado.

5 de janeiro:

Décima Segunda Noite (segundo o calendário antigo, quando o dia começava com o pôr do Sol). O Senhor de Misrule está em algum lugar, tratando reis como camponeses, e, atrás dele, estão os fantasmas de Samhain e Saturnália. Falei com Jim de noite, e a conversa me deixou assustado. Por quê? Quando conheci o cara, ele me mostrou o espírito de Mary, que, na verdade, era um cão do inferno. Desde então, as coisas que vimos... Por que alguma coisa que eu visse por aí ou escutasse do Jim me assustaria? Não sei. Quando desliguei o telefone, me senti... não como alguém que tivesse andado pelo meu túmulo, mas como se eu tivesse andado pelo dele. Perguntei se ele estava bem, e ele respondeu que sim. Talvez não seja nada, mas estou preocupado com o Jim.

21 de março:

Saturnália. Os selos de Saturno segundo Agrippa:

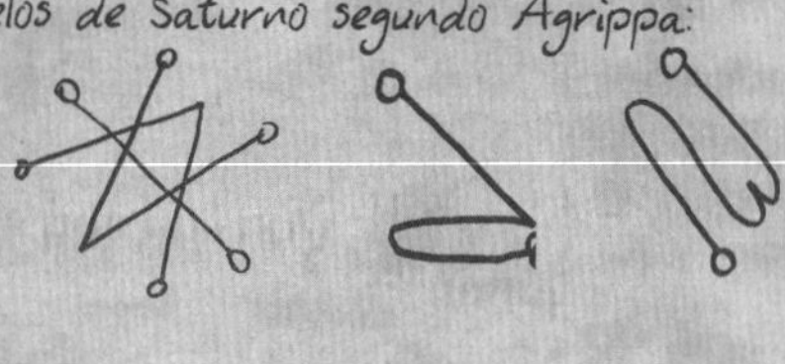

24 de janeiro:

Dean faz 26 anos hoje. Quando eu tinha essa idade, ele era um bebê. As gerações passam. Não vou deixar os negócios da família com ele por enquanto. O Dean tem algumas responsabilidades, e nós dois estamos atrás do mesmo objetivo. Estou começando a falar sobre o demônio. Ele não tem a mesma cabeça para as coisas esotéricas que Sam, mas o que quiser aprender ele conseguirá.

7 de abril:

Como fazer água-benta.

1. Invocação

EXORCISO te creaturam salis, per Deum vivum + per Deum + verum + per Deum sanctum + per Deum qui te per Elizœum prophetam in aquam mitti jussit, ut sanaretur sterilitas aquæ, ut efficiaris sal exorcisatum in salutem credentium; et sis omnibus te sumentibus sanitas animæ et corporis, et effugiat at que discedat ab eo loco, in quo aspersum fueris omnis phantasia et nequitia, vel versutia diabolicæ fraudis, omnisque; spiritus immundus, adjuratus per eum, qui venturus est judicare vivos et mortuos, et sæculum per ignem amen. Oremus:

Immensam clementiam tuam, omnipotens aeterne Deus, humiliter imploramus, ut hanc creaturam salis, quam in usum generis humani tribuisti, bene + dicere et sancti + ficare tua pietate digneris, ut sit omnibus sumentibus salus mentis et corporis, et quidquid ex eo tactum, vel respersum fuerit careat omni immundicia, omnique; impugnatione spiritualis nequitiæ, per Dominum nostrum Jesum Christum filium tuum, qui tecum vivit et regnat in unitate Spiritus Sancti, Deus per omnia sæcula sæculorum, Amen.

2. Diga o seguinte à água

Exorcizo te creaturam aquae in nomine Dei patris + et Jesu Christi Filii ejus Domini nostri, et in virtute Spiritus + Sancti + ut fias aqua exorcizata, ad effugandam omnem potestatem inimici, et ipsum inimicum eradicare et explantare valeas, cum angelis suis apostatis, per virtutem ejusdem Domini nostri Jesu Christi, qui venturus est judicare vivos et mortuos, et sæculum per ignem, Amen. Oremus:

Deus, qui ad salutem humani generis maxima quaeque que sacramenta in aquarum substantia condidisti, adesto propitius invocationibus nostris, et elemento huic multimodis purificationibus præparato, virtutem tuæ benedictionis infunde, ut creatura tua mysteriis tuis serviens, ad abigendos dœmones, morbosque; pellendos, divinæ gratiæ sumat effectum; ut quicquid in domibus, vel in locis fidelium hæc unda resperserit, careat omni immundicia, liberetur a noxa, non illic resideat spiritus pestilens, non aura corrumpens, discedant omnes insidiæ latentis inimici, et si quid est, quod aut incolumitati habitantium invidet aut quieti, aspersione hujus aquæ effugiat, ut salubritas per invocationem sancti tui nominis expetita ab omnibus sit impugnationibus defensa, per Dominum nostrum Jesum Christum Filium tuum, qui tecum vivit et regnat, in unitate Spiritus Sancti Deus per omnia sæcula sæculorum, Amen.

3. Diga o seguinte enquanto salpica sal na água, fazendo o sinal da cruz com a mão. Eu soube que você pode fazer a consagração com um rosário, uma cruz ou outro objeto sagrado.

Commixtio salis et aquae Pariter fiat, in nomine Patris, et Filii, et Spiritus Sancti, Amen. Dominus vobiscum, Et cum spiritu tuo, Oremus: Deus invictæ virtutis auctor, et insuperabilis imperii Rex, ac semper magnificus triumphator, qui adversæ dominationis vires reprimis, qui inimici rugientis sævitiam superas, qui hostiles nequitias potenter expugnas; te Domine trementes et supplices deprecamur ac petimus, ut hanc creaturam salis et aquæ diznantesaspicias, benignus illustres, pietatis tuæ rore sanctifices, ubicunque; fuerit aspersa, per invocationem sancti nominis tui, omnis infestatio immundi spiritus abigatur, terrorque; venenosi serpentis procul pellatur, et præsentia Sancti Spiritus nobis misericordiam tuam poscentibus ubique; adesse dignetur, per Dominum nostrum Jesum Christum Filium tuum, qui tecum vivit et regnat in unitate Spiritus Sancti Deus per omnia sæcula sæculorum, Amen.

Em situações de emergência, você pode pular de "exorciso-te" para o "per Dominum nostrum Jesum". Eu tentei. Dá certo.

2 de maio:

Sammy faz 22 anos hoje. Li em um jornal do Colorado que alguns trilheiros desapareceram em um lugar chamado Blackwater Ridge. Há 20 anos, talvez, oito pessoas foram mortas lá. Segundo a polícia, teria sido devido a ataques de ursos.

17 de maio:

Hoje completaríamos 27 anos de casamento.

Johann Weyer, discípulo de Agrippa. Lista de demônios: Bael, Agares, barbas, Aamon, Barbatos, Buer, Gusoyn, Otis, Bathym, Burson, Abigor, Oray, Malaphar, Foraii, Ipes, Naberus, Caacrinolaas, Zepar, Byleth, Sytry, Paimon, Bune, Fornesu, Ronove, Berith, Astaroth, Forcas, Furrur, Marchocias, Malphas, Vepar, Sabnac, Asmodeus, Gaap, Chax, Pucel, Furcas, Murmur, Caym, Raum, Halphas, Focalor, Vine, Bifrons, Gamygyn, Zagam, Orias, Volac, Gomory, Carabia, Amduscias, Andras, Androalphus, Oze, Aym, Orobas, Vapula, Cimeries, Amy, Flauros, Balam, Alocer, Zaleos, Wal, Haagenti, Phoenix, Stolas.

Quase todos têm algo em comum: quando tomam forma humana, irão responder a perguntas com a verdade. Asmodeus é uma exceção? Os nomes mudam dependendo do texto. Alguns dos demônios são provavelmente inventados, mas a ideia de uma ordem demoníaca é comum a todos os demonologistas. As ordens menores não são nomeadas. Instruções específicas em como se invocar estão na entrada sobre Bileth. Anel de prata mencionado novamente na entrada sobre Astaroth. Selo de Salomão.

... para não perder a coragem, que segure um cajado de aveleira [bastão, vara ou galho], o qual deve movimentar em direção ao leste e ao sul e fazer um triângulo ao lado do círculo; mas se o demônio não estender a mão até ele e, mesmo que ele o chame, o demônio continuar recusando; que o conjurador comece a ler, e assim o demônio irá se submeter, entrará e fará tudo o que o conjurador ordenar, para que fique a salvo. Se o rei Bileth for teimoso e se recusar a entrar no círculo na primeira vez que for chamado, e o conjurador se mostrar temeroso ou não ter a corrente de espíritos, Bileth certamente nunca o temerá nem o ouvirá. Além disso, se o lugar não permitir que o triângulo seja feito sem o círculo, então será preciso colocar lá uma garrafa de vinho, e o exorcista saberá com certeza quando ele sair de casa, com seus companheiros, que Bileth será seu ajudante, seu amigo e lhe será obediente quando mandar. Quando ele vier, o exorcista precisa recebê-lo cordialmente e glorificá-lo, e ele irá adorá-lo como outros reis, porque não disse nada sem outros príncipes. E, se ele for chamado, o exorcista precisa usar um anel de prata no dedo do meio da mão esquerda e segurá-lo contra o rosto.

Dean: 785-555-0179. A partir de 1º de junho.

19 de junho:

Segundo o *Grimorium Verum*, são três os instrumentos necessários para a conjuração: faca, cinzel e lanceta. Os dois primeiros devem ser feitos no dia e na hora de Júpiter. A faca deve ser grande o bastante para decapitar um animal que será sacrificado – deve ter o tamanho de um facão.

Em seguida, recitar:

Conjuro-te, forma do instrumento, N., por Deus o Pai Todo Poderoso, pela virtude do Céu e por todas as estrelas que dominam; pela virtude dos quatro elementos; pela virtude de todas as pedras, plantas e animais, pela virtude de chuvas de granizo e ventos; que recebamos tamanha virtude para que tu nos realizes todos os nossos desejos, os quais queremos sem mal, sem enganação, por Deus, o Criador do Sol e dos Anjos. Amém.

Depois, recitar os sete Salmos Penitenciais: 6, 32, 38, 51, 102, 130. Invocar anjos.

A lanceta deve ser criada no dia e na hora de Mercúrio, recitando o mesmo. Deve-se gravar ELOHIM JITOR na faca.

Segundo Reginald Scot, seria diferente.

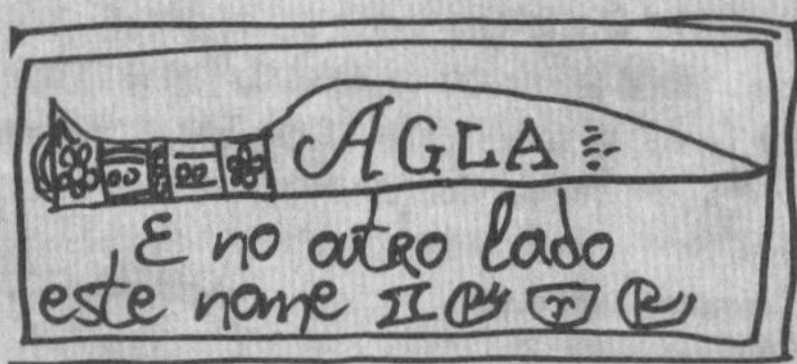

20 de julho:

Uma pista. Califórnia, Nova Jersey, Arizona. Incêndios em residências. Em cada caso, a mãe foi morta e um dos sobreviventes era um bebê de seis meses. Preciso ver se houve algum outro caso no dia 2/11/83. Seja como for, é uma pista sólida. Estou investigando locais, sobreviventes e outros fenômenos associados. Temperatura não usual, aumentos de violência ou criminalidade. Qualquer uma dessas coisas pode significar que houve envolvimento demoníaco. Mas os incêndios já bastam. Seis incêndios, em um espaço de tempo de apenas dias, e todos envolviam um bebê de seis meses. Você acabou se mostrando, seu maldito.

Estou há quase 22 anos atrás de você. Não vai chegar a 23. Vou olhar nos seus olhos amarelos e vê-lo morrer.

Quero contar aos meninos, mas não por enquanto. Dean pode querer ir atrás, e Sammy... Eu estava prestes a escrever que ele não ligaria. Talvez não seja verdade. Mas ele pode não ligar o suficiente, e eu não aguentaria saber disso.

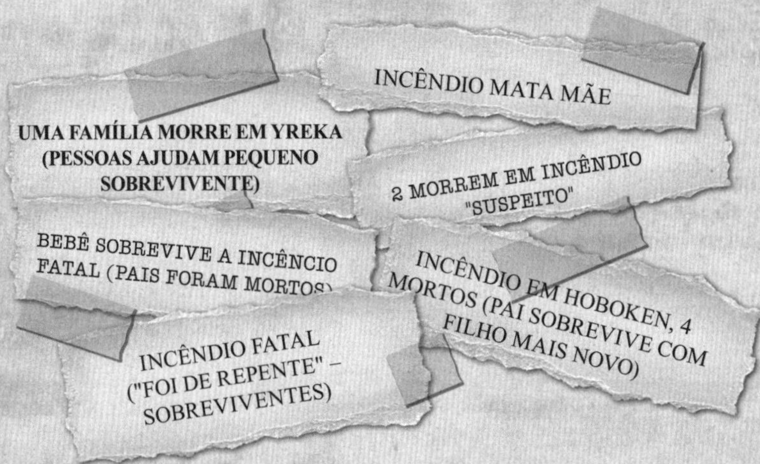

14 de agosto:

Nas últimas três semanas: Tallahassee, Baton Rouge, Jackson, Birmingham, Atlanta. Os escritórios de documentos oficiais parecem todos iguais. Fiz o mesmo através do Cinturão da Ferrugem: Columbus, Lansing, Harrisburg, Indianapolis. Fui a bibliotecas em todos os condados da Virgínia Ocidental, procurando por padrões nos registros de temperaturas. Parece que já estive em todos os lugares, como se eu vivesse numa canção do Johnny Cash, só que com mal demoníaco. Pensando bem, "Ghost riders in the sky" é uma versão da Wild Hunt, não é?

19 de setembro:

O equinócio de outono pode ser a próxima grande pista. Saberei em 48 horas. Já não durmo há 24. Lembro-me de um velho conselho de guerra: coma quando puder, durma quando puder, porque nunca se sabe quando você terá a próxima oportunidade. Eu deveria dormir. Não estou com fome.

3 de outubro:

O equinócio foi uma furada. Dean está em Nova Orleans. Estou em Jericho, na Califórnia. A trilha do demônio que matou a Mary está esfriando. Pessoas têm desaparecido na área perto de uma ponte daqui. Comecei a investigar, e parece ser obra de uma Mulher de Branco. Sinto que eu deveria deixar isso de lado e continuar a perseguir o demônio. Mas, para fazer isso, eu teria que deixar pessoas morrerem. Depois de todos esses anos, ainda me lembro do que H me disse: que um caçador nunca desiste de uma caça. Eu tinha que matá-lo, mas ele tinha razão sobre isso.

4 de outubro:

La Llorona

Diz a história que muito tempo atrás uma bela princesa indiana chamada Dona Luisa de Louveros se apaixonou por um atraente nobre de seu país, Don Nuno de Montesclaros. A princesa o amava muito e teve dois filhos com o nobre, mas Montesclaros se recusava a casar-se com ela. Quando ele finalmente abandonou-a para se casar com outra mulher, Dona Luisa foi tomada por um acesso de raiva e apunhalou seus dois filhos. As autoridades a encontraram vagando pela rua, soluçando de choro, suas roupas cobertas de sangue. Ela foi condenada por infanticídio e mandada para a forca.

Desde então, diz-se que o fantasma de La Llorona ("A mulher que chora") vaga pelo país durante a noite, clamando por seus filhos assassinados. Quando encontra alguma criança, é provável que ela a carregue para o mundo subterrâneo, onde reside seu próprio espírito.

Lovell, Wyoming. Relatos de uma mulher fantasmagórica que procura os filhos, mas que sequestra transeuntes azarados.

Lampasas, Texas. Garota branca teve um filho com um escravo. Ele foi enforcado, e ela foi a Sulphur Springs com o bebê. Agora, dizem que ela anda pela região onde ficava a senzala, chamando o pai da criança, para mostrar-lhe o bebê.

Há lendas sobre a Mulher de Branco no mundo todo. Estão frequentemente relacionadas à caroneira fantasma.

Lista de incidentes relacionados com Caroneiros Fantasmas:
Ya-Ta-Hey, NM (na 666!); Chicago – ressurreição da Mary; Greensboro, NC; Bluffton, IN; na Hwy 365 no Arkansas; Delmar, NY; St. Louis; White Rock Lake, TX; Tompkinsville, KY; Toronto; Spartanburg, SC; Berkeley, CA; Los Angeles; São Francisco; Clinton Road, NJ... há histórias mais antigas mundo afora. Coreia, China, Japão, Rússia, Eslováquia, outros países europeus. Tradição mórmon sobre os nefitas.

Variação interessante: Lauderdale, AL, o fantasma de um músico de jazz vestindo um zoot suit branco. Se você lhe der uma carona, ele lhe falará sobre seu trompete antes de desaparecer. A história local é que ele foi morto enquanto ia para Florence.

Caroneiros Fantasmas frequentemente fazem profecias ou contam algum segredo ao motorista. Histórias assim eram muito comuns durante a Segunda Guerra Mundial e na Europa, antes do advento dos automóveis. Está relacionado ao mito do Judeu Errante. Em Mateus 16:28, Jesus diz que algumas de suas testemunhas só morrerão na Segunda Vinda. Segundo mitos, ele seria um sapateiro chamado Catáfilo, que bateu em Jesus na Via Dolorosa; ou um servente de Pôncio Pilatos; Longino, o soldado romano que perfurou Jesus com uma lança; o servente Malco, cuja orelha fora cortada por São Pedro. A lenda vai até Caim, condenado a vagar devido ao crime que cometeu. Diz-se que ciganos são descendentes do ferreiro que forjou os pregos para a cruz. Há várias combinações dessa história. O que elas têm em comum é o tema que, como penitência, o errante tem que ir de lugar a lugar, testemunhando sobre a Segunda Vinda e seu próprio erro. É ocasionalmente mulher, às vezes Herodíades, que riu de Jesus antes da Crucificação. O Judeu Errante aparece e desaparece sem aviso.

É sempre perigosa, pois usa como isca uma das mais nobres qualidades humanas: o impulso a ajudar o próximo. O problema da caroneira fantasma é que ela nunca desaparece por completo. Às vezes deixa para trás um objeto pessoal, fazendo com que a pessoa que lhe ofereceu carona tente encontrá-la novamente. Geralmente, a busca leva direto a um cemitério – e lá se vai mais um bom samaritano desse mundo. Alguns espíritos sabem que não podem fazer uma abordagem direta, outros simplesmente adoram o jogo e divertem-se, tirando vantagem do lado mais nobre da raça humana.

5 de outubro:

Olhos brilhantes: Allocer, Balam, Flauros
Cão do inferno, puca, leshi, wendigo

Incentivo à Nova Geração de Exorcistas

O VATICANO RECRUTA EXORCISTAS NOS EUA

BENEDITO PROCURA EXORCISTA AMERICANO

6 de outubro:

Há muitas notícias sobre exorcistas e exorcismos ultimamente. Deve ter alguma explicação. Algo está chegando, algo grande.

Azazel: primeiramente mencionado sendo o recipiente pretendido de um bode emissário expulso no Yom Kippur. Levítico 16:8. O nome conota força, impudência – cognatos foram traduzidos como variantes de Anjo da Morte. O Livro de Enoque diz que Azazel era um dos anjos caídos que tinham filhos com mulheres humanas. Enoque também afirma que Azazel foi o primeiro a mostrar aos humanos como se fazer armas e armaduras de metal. (Cosméticos também, então a culpa é dele.) "A ele atribua todos os pecados." Há conflitos com as histórias do próprio Enoque, descritas no Livro dos Vigilantes. Enoque era supostamente um anjo que teria descido à Terra para trazer sabedoria e ciência. Azazel é sempre associado a bodes, mas, ocasionalmente, às Lilim também.

28 de outubro:

Recebi uma ligação do bar, e a última peça se encaixou. Estou na trilha. Depois de 22 anos, finalmente encontrei o maldito. Agora irei matá-lo.

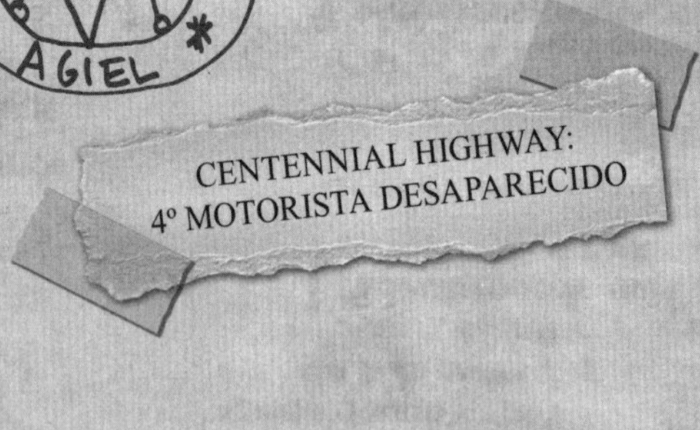
CENTENNIAL HIGHWAY:
4º MOTORISTA DESAPARECIDO